U0096497

我忘了
我可以
這麼幸福！

黃友玲 —— 著

我像是未曾活過似的，
囫圇吞棗，渾渾噩噩，
我真的忘了⋯⋯
我其實可以這麼幸福！

幸福人生的錦囊祕笈

推薦序 I

　　幸福何處尋？是大多數人一生中最重要的問題。作者新書《我忘了我可以這麼幸福！》，就是一本解答這個問題的錦囊祕笈，值得大家細細品味。

　　作者具有深厚的文學基底，文筆簡潔洗練，文章一氣呵成，讓人震懾於文字的魔力，猶如她在〈誰殺了大作家？〉一文中引了法國作家巴爾札克說的：「拿破崙以劍無法完成的事，我用筆完成了。」此外，書中取材多元，舉凡親情愛情、名家名著、生活觀察等在她筆下，樣樣生動有趣，栩栩如生，躍然紙上，讓人不自覺

地彷彿置身同樣的時空場景，或是感受作者所感受的，這種文章的張力，是作為讀者的我最佩服的地方。

　　這本幸福錦囊祕笈從「夢想」、「知足」、「感恩」、「相愛」、「智慧」、「盼望」等六個面向，傳遞作者對幸福的詮釋，每個面向分別編入了數篇文章，作為幸福生活的見證。閱讀時，除能品味單篇文章的韻味趣味外，更能思考文章與該面向的關係，加深作者所要刻畫幸福的樣態。由點而線而面，彷彿架構了一個幸福人生的六面體，或將之擺置於桌或懸吊於牆，都具有鼓勵提醒的功能。無論這是否為作者的初衷，個人都以為這具有畫龍點睛之妙。

作者博學多聞，旁徵博引許多名家名作名言，如張廷玉的「再讓三尺又何妨」，王爾德的「人生兩大悲劇就是我們想得的得不到，不想得到的，卻揮之不去」，小仲馬寫《茶花女》的「我對你的愛，是一個女子所有的傾注」等，這些不只添加閱讀時的玩趣，增廣新知，也能讓有心者藉由所提供的線索，另闢閱讀蹊徑，成為一位喜歡閱讀，進而愛上閱讀的人。我想這也是閱讀此書可以得到的附加價值。

作者是一位追隨造物主腳蹤的人，她在〈平凡生活變稀奇〉中說：「領略造物主的祝福時，一切的平凡都變成了稀奇，一切的稀奇都變成了神蹟。」在〈要活個精彩？先預約！〉說：「上帝的救恩是白白的，但其他的應許，是需要我們去支取的，認真執著的人就得著了。」

是的，作者已經將她的幸福錦囊祕笈，慷慨地傳授給讀者了，能否真正得著，則必須讀者們主動去支取！

　　最後，謝謝作者厚愛，讓我先睹為快，並藉由分享閱讀所得，推薦此一新書。

羅美娥

前西松高中校長
臺北市特殊優良教師
（教師類、校長類）

閱讀時，
除能品味單篇文章的韻味趣味外，
更能思考文章與該面向的關係，
加深作者所要刻畫幸福的樣態。
由點而線而面，
彷彿架構了一個幸福人生的六面體，
或將之擺置於桌或懸吊於牆，
都具有鼓勵提醒的功能。

品嚐幸福的滋味

友玲是位「腹有詩書氣自華」的作家，她不只觀察敏銳、心思細膩，在任何角落都能發現「簡單的幸福」，隨手捻來，人文都成了藝術，大塊都成了文章，「得智慧、得聰明的，這人便為有福。」（聖經・箴言三章 13 節）

作者介紹法國現代小說之父巴爾札克，這位佔世界文學一席之地者，清楚自己的性向，朝著目標，勇往直前，最後世界向有目標和不放棄的他讓路，「夢想」不被扼殺，堅持自己該做的事情，是一種勇氣！

「知足」，是無欲則剛的生活哲學，代表做事的態度和做人的格局。其中〈把快樂和睡眠還給我〉，以簡潔有趣的故事呈現，隱含作者對人生的觀察和體驗，道出快樂與睡眠無價，是金錢買不到的幸福。「知足常樂」真是恩典。

　　一顆「感恩」的心，懂得細數主恩，「謝謝」成了人間最美的詞彙，感恩的具體行動，拉近人與人之間的距離，生命的重量成了甜蜜的負荷，停下腳步，放下忙碌，駐足片刻，品春夏秋冬的詩意，萌動，悸動，心動，我們正遇見幸福。

「如今常存的有信，有望，有愛，這三樣，其中最大的是愛。」（聖經‧哥林多前書十三章 13 節）人與人要如何「相愛」？書中提醒：常把抱歉掛嘴邊，常把讚美說出口，常以謙讓為懷，與和平共處。愛可以穿越時空，愛是永不止息。

　　有人能適時成為「句號」，能拿起生命的望遠鏡從永恆角度看人事物，懂得預約精彩的人生，他們像最有智慧的所羅門王，曉得取捨，懂得輕重。這樣的「智慧」令人羨煞！

　　我們的未來大有「盼望」，盼望帶著一種特殊的能力，為生命注入新鮮與活潑的喜悅，為未來打造許多的機會，即便生命偶爾觸礁，希望總在轉角處，讓我們忘記背後，努力面前，何不再給自己一個機會呢？

翻閱本書，我的心隨著文字走，神遊其中，一幅又一幅美麗的畫面油然而生。發現幸福、擁有幸福，又懂得分享幸福的友玲，必享有上尖下流、連搖帶按、源源不絕的祝福。

鄧美蘭

新北市師鐸獎、POWER 教師獎得主
輔導教育工作者

我們的未來大有「盼望」，
盼望帶著一種特殊的能力，
為生命注入新鮮與活潑的喜悅，
為未來打造許多的機會，
即便生命偶爾觸礁，
希望總在轉角處，
讓我們忘記背後，努力面前，
何不再給自己一個機會呢？

我忘了我可以這麼幸福！

有一個座位，留給悠閒的你，向著大海，龜山島朝你泅水而來。

我們的宜蘭輕旅行到此達到高潮，一個面海的造型鞦韆。

當我坐上去，手握雙邊的拉繩，我竟覺得自己是全世界最幸福的人。

這裡是宜蘭壯圍海邊，有心人會找到這裡。沒有驚人的設備，更沒有浮誇的廣告，它只是一座鞦韆，但是，這簡單的幸福竟可以在這裡找到。

海景無限、海天一線，遠處龜山島緩緩地移動，好像在跟人玩一二三木頭人，而你總是不確定它有沒有作弊！

近看這造型鞦韆，乃枯木組合而成，無生命卻有造型的枯木竟成了網美打卡景點，聚集了眾人眼光，賦予其光彩生命，彷彿重生一般。

多麼聰明的設計，置於海邊的一座鞦韆，不鏽鋼顯得冰冷，塑膠又顯輕薄，瞬息被海風吹走，但是枯木可沒這些問題，它堅硬扎實，矗立在此。

此處靜靜地，卻又非常聒噪，想海風到遠處去宣傳了，海浪以長長的手指勾引旅人，目光照過來。

人們爭相走告：這裡有一座造型鞦韆，無敵海景。於是網路上發燒，馬路上排隊。

是誰設置的？按照資料顯示，是台泥，建造此造型鞦韆，期待為蘇澳文化加分，收入將納入澳花國民小學。

收入？我並未看到收費站，停車也不要錢，不知收入哪裡來？

至於景點開放時間為何？答案是二十四小時。

我笑了出來。這的確是從日出到星夜，從星夜到日出，一個面海的造型鞦韆，這裡從來不打烊。

　　我坐在其上，面對著浩瀚晴空，眼望海平線，極力地想看到遠處的陸地，我想著，其實所有的自然美景不都是如此嗎？二十四小時，免費，向所有人開放。

　　山川日月、星辰海洋、天地間所有的奇景大觀，都是如此。

　　人們設定景點，收費，然而大自然從不這麼做。創造這一切的上帝絕不這麼做！

　　我望著天上的雲朵，讓陽光照著我的臉龐，想起我在塵世間庸庸碌碌的身影，那些我一再重複的路線，我只是佝僂著，要完成所有眼前的待辦事項，我永遠這麼匆忙緊繃，對時間錙銖必較。

　　甚麼時候，我可以抬望眼，就像現在，望著天，看著雲，吹著風，想一想我的生命，掂一掂我手裡的日子。我像是未曾活過似的，囫圇吞棗，渾渾噩噩，我真的忘了我其實可以這麼幸福，享受大自然的美好，浸潤在生命創造主的美意裡，思想祂送給我所有的禮物，從心底微笑，說：「活著，真好！我已經被幸福圍繞！」

我真的忘了我其實可以這麼幸福，
享受大自然的美好，
浸潤在生命創造主的美意裡，
思想祂送給我所有的禮物，從心底微笑，
說：「活著，真好！我已經被幸福圍繞！」

我想著，其實所有的自然美景不都是如此嗎？二十四小時，免費，向所有人開放。

山川日月、星辰海洋、天地間所有的奇景大觀，都是如此。

content

PART I

夢 想

PART 2
知足

PART 3

感 恩

PART 5

智慧

HOPE
ALWAYS

PART 6

盼望

夢 想

「偉大的夢想是活下去的原動力。」

我們的生命有了夢想，就有色彩；有了夢想，才有意義。
所以，別怕做夢！就怕無夢！
讓夢想帶我們進入更高的人生境界，
完成更偉大的人生目標。

衣櫥的魔力

　　衣櫥有一種魔力，吸引著、呼喚著孩子進去、進去，再進去。

　　那充滿魔力的故事是這樣的：

　　從前有四個孩子，由於倫敦遭受空襲，為了避難，父母把他們送到鄉下去和一位老教授同住。那是一棟非常非常大的房子。次日，豪雨迫使他們必須留在家裡，不能出去玩，於是，他們決定在屋裡展開冒險之旅。他們這才發覺那是一棟似乎永遠也走不到盡頭的房子，裡面有許許多多意想不到的古怪地方。他們試了幾扇門，都是通往無人使用的臥室。其中有一個空房間，裡面空蕩蕩地，什麼都沒有，除了一個大衣櫥。

　　偶然一個機會，小露西闖了進去。經過一排排大

衣，繼續向前探索，她期待她的指尖會觸碰到木頭，但什麼也摸不著。忽然間，她覺得她腳下踩到了某種東西，發出嘎匝嘎匝的聲音。一抬頭，露西發現自己來到了一個新天地，那就是納尼亞王國。

納尼亞王國的動物會說話、樹木會唱歌，是一個非常奇妙的國度。這就是著名的英國作家 C. S. 路易斯（Clive Staples Lewis，1898-1963）最受歡迎的經典童話故事之一《納尼亞傳奇：獅子、女巫、魔衣櫥》（*The Chronicles of Narnia: The Lion, the Witch and the Wardrobe*）。

我常在想，如果讓我們做大人的，試試降低自己的身高，就像孩子們一樣高，去生活、去探索，我們一定會比較容易明白，為什麼孩子都喜歡躲在衣櫥裡。

以前我還沒有小孩的時候，衣櫥是我美麗的變身魔場，從衣櫥裡，我選出我要的美麗衣裳，穿上，另一個美麗的我就從鏡子裡走出來了。

後來，我有了孩子，衣櫥再次升格，成為遊戲的所在了。躲貓貓、官兵抓強盜、三隻小豬蓋房子、祕密基地，甚至是納尼亞王國的神祕通道……。

孩子的世界在一百五十公分之內，他們看我們大人的世界就像大巨人的世界，餐桌、餐椅、沙發、大床，這一切都大得嚇人、高不可攀，只有衣櫥最親近，就像是為他們打造的房子一樣，高度那麼剛好，他們鑽進去，甚至連頭都不用低一下。

　　還記得我的孩子們四歲時，有一次我從外面辦事回來，見大兒子哭得如淚人兒。一問之下，才知道他想躲進儲物衣櫥裡去玩，卻被其他的大人嚴格禁止，原因是，裡面有許多棉被和衣物，他進去會把那些東西弄亂。

　　我二話不說，把那些棉被衣物統統丟出來，讓孩子躲進去，他一進去，抹了抹眼淚，笑了，我轉頭「昭告天下」說：

　　「小孩本來就是要躲在衣櫥裡的，誰都不可以禁止他們！」

　　我的三個孩子都拍手叫好。我當時覺得我已經深深瞭解路易斯的心思了，何必規定孩子這麼多呢？以一百多公分高的孩子而言，就讓他們享受童年的歡樂，享受衣櫥的神祕，有何不可呢？

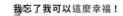

我常在想，如果讓我們做大人的，
試試降低自己的身高，
就像孩子們一樣高，去生活、去探索，
我們一定會比較容易明白，
為什麼孩子都喜歡躲在衣櫥裡。

心情雜貨店

　　曾否在街角發現一種雜貨店，店裡琳瑯滿目，它賣的可不是柴米油鹽醬醋茶，而是各式各樣可愛精緻的裝飾品或是紀念品。

　　你經過的時候，總禁不住會多望它幾眼。柔和的燈光、夢幻的窗簾、饒富意味的擺飾、典雅的家具等等，叫人禁不住也幻想一下怎樣佈置自己的家……。

　　我很喜歡逛這種雜貨店，只消一邁腿，你就會沈入美的洋海裡：一組古典的咖啡杯、一個別緻的相框、一幕美得像夢一般的窗簾、一張紋路透著東方味道的地毯、一串悠閒的風鈴……。

在那樣的世界裡，我陶醉了又陶醉，不管皮包裡有多少錢，不管我有沒有信用卡，不管那些可愛的雜貨上標示著多少價錢，那些都不重要了，重要的是，我已經買下了這些心情雜貨，觸目所及，都放進我的荷包裡了。我存入我記憶的寶庫，在某個深夜，或是在某個生活的片段裡，這些雜貨都發揮了它們的功能，叫我想起這個世界還有許多值得回味的美麗。

而在我的家裡，我也特意將朋友們送給我的小東西，就是一些漂亮的擺飾、精緻的禮品保留下來。我在我的家裡也佈置了一個心情雜貨店。

每當夜幕低垂，或是我獨坐沈思的時候，我喜歡逐一欣賞我的雜貨：一只來自義大利的神燈、一組來自夏威夷的茶具、一組來自耶路撒冷的塑像、一撮來自美國沙灘的貝殼沙、一套來自中國蘇州的小泥人、幾個來自俄羅斯的小娃娃、一盒來自杜拜的裝飾……。

我好喜歡我的心情雜貨，它們提醒我朋友們的熱情，來自天涯海角的暖暖心意叫我感覺好溫馨，而美麗的精品則引渡我進入一個更瑰奇的國度。

我好喜歡我的心情雜貨，它們提醒我朋友們的熱情，來自天涯海角的暖暖心意叫我感覺好溫馨，而美麗的精品則引渡我進入一個更瑰奇的國度。

窗台上的花

　　我窗台上的花代替我生活在天地之間，風霜雨露，陽光普照，他們都一概接受了，沐浴在其中，綻放著笑容。

　　夜深了，我關燈的時候，他們的眼卻明亮了起來，看見滿天的星斗，遠處的、近處的，都在浩瀚的宇宙間緩緩運行。

　　夜裡，不論我睡得好，或是睡得片片斷斷，我的花兒都以婆娑姿影照著我，於是我便得了安慰，知道不論是星光或是陽光，幕後掌管的那一位一直都在，祂都在，祂在看顧著我。

　　現代人的樓房，保護了我們，但我們卻少了幾許仰望天際的機會啊！忙碌的生活使我們身形佝僂，繁雜的事務使我們腦汁絞盡，我們再也沒有這閒情逸致安靜在天地之間，安靜得只聽見自己的呼吸和上帝的呼吸。

清晨，我起來，忘記了前一日的疲乏，我與窗台上的花兒見面，我以瓊汁澆灌他們，他們報我以款款微笑，這一日，我便如加足了馬力，可以奮力前奔。

　　正午時分，陽光熾烈，如千萬盞鎂光燈照著我和我的花兒，「盡情享受著這宇宙之主的寵幸吧！」我心裡想著。雖然炎熱，但是三千寵愛在一身的關注卻使我神迷，誰能擁有這一剎那黃金似的時光呢？陽光照耀之一刻，那光彩與榮耀勝似天下所有金銀財寶之集合，誰能買得著呢？誰能付得起這天價呢？

　　午后，這是一天之中最閒適的時候了，一陣風吹來，花兒欠身笑得咯咯地，日腳漸漸移動時，花與葉都有了瞬息萬變的姿影，映在斑駁的牆壁上，像是一幅古畫。

　　黃昏來了，月色蠢蠢欲動，我收拾了今天的心情，裹在茶葉裡，以開水沖泡，以一杯濃郁沁香的綠飲迎接夜晚的來臨。窗台上的花仍是亭亭玉立，夜如同白晝一般，仍是他們的舞台。

　　這是為什麼我總不忍睡去，在一望無垠的銀河之間，我竟化身花兒朵朵，四處遊蕩。

現代人的樓房，保護了我們，
但我們卻少了幾許仰望天際的機會啊！
忙碌的生活使我們身形佝僂，
繁雜的事務使我們腦汁絞盡，
我們再也沒有這閒情逸致安靜在天地之間，
安靜得只聽見自己的呼吸和上帝的呼吸。

誰殺了大作家？

　　巴爾札克（Honoré de Balzac，1799-1850），法國十九世紀著名作家，法國現實主義文學大師，與俄國的托爾斯泰（Lev Nikolayevich Tolstoy，1828-1910）齊名。他最有名的作品是《人間喜劇》（*La Comédie humaine*）。

　　一七九九年，巴爾札克出生在巴黎近郊的小鎮。父親是農民出身，身體強壯、脾氣暴躁。母親夏爾羅特刻苦耐勞、充滿熱情、講求實際。

　　一八一四年，由於父親工作的關係，舉家移居巴黎。來到巴黎，父親命令巴爾札克一定要研究法律。早上下午聽法律課程，下課後就在律師事務所鑽研實務。

巴爾札克二十一歲時，因為想要當作家而與父親發生嚴重爭執。父親堅持要他當律師，他卻執意走自己的路。

　　最後的結論是父親同意給他兩年考驗的時間。那時候，全家人都搬走了，只有巴爾札克獨自一人留在巴黎，住在閣樓，與孤獨及貧窮苦鬥，但他卻甘之如飴。

　　據說，這段時間巴爾札克在閣樓常常飢寒交迫，有時咬著乾癟的麵包，難以下嚥，但他卻想到一個「畫餅充飢」的辦法，拿粉筆在餐桌上畫出盤子的形狀，然後在正中央寫上自己最喜歡的菜名，這樣他就當自己已經品嚐了豐盛的佳餚。

　　十年之間，巴爾札克沒沒無聞，直到一八二九年、他三十一歲那年，才一鳴驚人，受到文壇矚目。

　　巴爾札克的時代就是拿破崙的時代，巴爾札克曾如此自豪地寫道：「拿破崙以劍無法完成的事，我用筆完成了。」

　　事實上，後世也證明了巴爾札克的文學地位，他夢想以筆征服人類社會，而他的美夢成真。

巴爾札克的父親差點扼殺了這位文壇巨星，父親認為走法律的路處處是活路，走文學的路處處是死路，因此堅決反對自己的兒子當作家。以當時的社會、以他們的經濟狀況，作家夢簡直是荒謬至極。

　　但巴爾札克堅持，他堅持要走自己的路。激烈的爭執之後，父親也只是暫作緩衝之計，答應給他兩年的時間，意思是「你做做看就知道當作家好不好玩！」誰知兩年也還是不夠，巴爾札克前後蟄伏了十年才出頭。誰知巴爾札克不管多窮多苦，他還是執意走下去。

　　至終事實證明，巴爾札克是對的，他知道他自己的性向，他知道他的路，他知道他遲早能在文學這片園地放光發熱，他成功了！他也許不是衣錦榮歸，他也許不是日進萬金，但是他成功地完成了他的使命，為人類社會留下了寶貴的文化資產，為那個世代留下了不可磨滅的印象。今天，論到世界文學的地位，他的成就還可媲美托爾斯泰呢！

他也許不是衣錦榮歸，他也許不是日進萬金，
　　　　但是他成功地完成了他的使命，
　　為人類社會留下了寶貴的文化資產，
　　為那個世代留下了不可磨滅的印象。

陽光在心房

　　十六年前，記得那個夜晚，臨睡前，五歲的小兒子要求我一件事：

　　「媽咪，您可不可以買 sunshine 給我，是真的 sunshine 喔！我要放在我的心裡！」

　　我聽了只覺一陣悸動，原來上帝起初設立太陽是那麼重要，祂知道我們需要，我們需要陽光的溫暖與明亮，我們期待陽光在我們的心裡！

　　我們總是不忘看天氣預報，未來一週有大雨特報，我們就預設了一個全副武裝的自己，雨具外套不可少，開車，騎摩托車、腳踏車的人可能臨時變更計畫，如臨大敵。

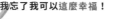

但若是晴朗豔陽天，我們的心情可就不一樣了，先是鬆了一口氣，開始想像休閒快樂的自己，尤其是週末假期，我們趕緊安排各種節目，訂位、預約，餐廳、飯店，我們想與家人與朋友，好好享受陽光的照拂，愉快地過幾天好日子，這種感覺就好像是接到了一份來自宇宙的邀約，上面寫著：「貴賓請進！」

　　於是，觸目可及的是，男女朋友牽著手在花園裡散步，老伯拉著一條狗遛街，一對對夫妻坐在河邊，享受著自備的野餐，孩子們可瘋狂了，滑板車、腳踏車、放風箏、打球……這個世界活了起來，陽光照著四處都是晶亮亮的，甚麼憂鬱症？陽光溫柔的手指輕輕治癒了！甚麼自卑感？晴空萬里已經告訴你答案：你仍有無限想像的空間，忘記背後，努力面前！

　　陽光的溫暖總是帶著醫治、療效、鼓勵與激發，我們需要站在陽光裡，我們需要那絲絲縷縷的金線，我們的生命更需要一個恆常發光體的指引，我們的未來需要一個美夢，就好像夜裡需要路燈，人生迷茫需要方向。

怪不得主耶穌說：「我就是世界的光。跟從我的，就不在黑暗裡走，必要得著生命的光。」我們多麼需要這生命之光！

　　我們都不喜歡幽暗與冰冷，我們多麼喜歡陽光普照的好日子。但是四季循環、有晴有雨，我們誰都不能掌控，唯有我們心裡有一個太陽，不怕外在的黝黑，隨時我們都能在一片光明裡，燦爛榮耀、活潑明亮！

　　我輕輕地關上小兒子的房門，走到客廳，向窗外望，外面已經是那麼深的夜了，大地一片悄然，但我的心裡感覺一股暖意，心裡的太陽永遠照耀著，只因為主就在我的心裡。

四季循環、有晴有雨，
　　我們誰都不能掌控，
唯有我們心裡有一個太陽，
　　　不怕外在的黝黑，
隨時我們都能在一片光明裡，
　　燦爛榮耀、活潑明亮！

打造第二人生

是否常有這種感覺：

總覺得自己的人生有些憾恨，有些不足，看別人飛黃騰達、功成名就、光鮮亮麗，活得多采多姿，總是禁不住偷偷這樣想著：

「如果我的人生可以再來一次，我就一定要如何如何……。」

網路在這時代，已經翻天覆地改變了我們的生活，現在甚至可以開啟人們嚮往的「第二人生」。美國一家網路公司，設計了一個叫做「第二人生」的軟體，非常受歡迎，這種軟體讓參與者在虛擬世界裡，化身成為「夢想中的自己」，打造「第二人生」。

在這個「第二人生」裡，有精彩的夜生活，有愜意的桃花源，有便捷絕不塞車的新天地，一切都按照你的夢想實現，量身打造，包君滿意。

我想，夢想是人人都有的，各人可以努力經營，築夢踏實。偶爾在虛擬世界裡遨遊一番也無可厚非，只是對自己目前現實的不滿，對自己人生的不滿足，卻會嚴重地影響到我們的心情、思想、生活，甚至人際關係，輕者，怨天尤人，憤世嫉俗；重者，成為憂鬱症患者，造成生命生活嚴重虧損，也成為家人親人的重擔。

智慧的上帝早就已經料定了這事，祂藉著詩人的筆寫著：

「人算甚麼，祢竟顧念他？世人算甚麼，祢竟眷顧他？祢……賜他榮耀尊貴為冠冕，並將祢手所造的都派他管理，叫萬物服在他的腳下。」

人的自我形象與自我成就感不佳是我們自卑的主因，我們覺得自己一事無成、一無是處，簡直是糟透了！我們仰天長嘯：「這一輩子，白活了！」我們終日活在悔恨與遺憾之中，無法自拔。

這位創造我們的神卻說，祂是顧念我們的，不但如此，祂還將永恆的榮耀與尊貴賜給我們為冠冕，甚至指派我們成為管理者，手中握有大權。這一切恩寵讓人明白：上帝的兒女有尊貴、榮耀和權柄，並非這世界所能給予，只要我們願意，上帝必定眷顧，我們的每一步都可以交在祂手中，祂必導引。

　　這樣的人生必定充滿恩典與驚奇，不是完美，而是超完美！

這一切恩寵讓人明白：
上帝的兒女有尊貴、榮耀和權柄，
並非這世界所能給予，
只要我們願意，上帝必定眷顧，
我們的每一步都可以交在祂手中，
祂必導引。

PART 2

知 足

一個知足的人所表現出來的就是無比的氣度，
因為天地已經在他的胸臆之間，
他已經擁有一個滿足的宇宙，
夫復何求？而「無欲則剛」，
他不再需要什麼，也不再索求什麼，
這樣的人，走到哪裡都是雍容大方的。

把快樂和睡眠還給我

　　拉封丹（Jean de La Fontaine，1621-1695）是法國著名詩人，以《拉封丹寓言》留名後世。

　　有一則〈鞋匠與財主〉講到金錢與快樂的關係，一針見血，卻令人莞爾。

　　故事是這樣的：一個鞋匠從早到晚都在歌唱，他對自己的生活感到很滿足。他的鄰居卻相反，他是個財主，雖然有很多錢，卻總是擔心受怕，怕錢財被偷，他甚至把錢縫在衣衫裡，乾脆穿在身上。

他很少歌唱，尤其缺少睡眠，有時天色發白，他才朦朧入睡。

這一天早晨，鞋匠的歌聲把他吵醒了。

財主在惱怒之餘，對上帝抱怨說：「上帝啊！睡眠為什麼不能像食物和飲料一樣，讓我可以在市場上買得到呢？」這時，他又聽見隔壁鞋匠的歌聲，心生好奇，於是派人把他找來。

財主問他：「哎，先生，你一年賺多少錢？」

「一年？」快樂的鞋匠說：「大人哪，說實話，我從來不算我的收入。而且，我也不是天天為了賺錢而工作，我只是每天掙錢餬口，過一天算一天罷了。」

「那麼，告訴我，你一天能賺多少錢？」財主還是關心錢。

「有時多一點，有時少一點，但是倒楣的事總是不斷，要不然我賺的會更多。」

財主看到鞋匠這麼樸實，就笑了，說：

「我今天要讓你像當國王一樣富有。來，把這一百埃居（法國古幣名）拿去，好好地存起來，將來你會用得著的。」

一百埃居！這可不是個小數目啊！鞋匠的眼睛都亮了起來！

他回到家裡，把錢藏在地窖裡，但，他不知道，他也同時把他一向擁有的快樂給埋葬了。

自從他得到了那筆錢，便天天發愁，想著以後該怎麼用這筆錢；不然就是提心吊膽，怕有人把錢搶去。他的歌聲消失了，好睡眠也離開他而去。有時，夜裡貓咪弄出一丁點兒聲音，他就以為連貓咪也在偷他的錢。

最後，這個可憐的人終於是幾近瘋狂，他跑到財主家裡去，對他說：「把我的歌聲和我的睡眠還給我，把你那一百埃居拿回去！」

有時候，快樂不是金錢可以買到的。甚至是，有了金錢，快樂就消失了！

有時候，
快樂不是金錢可以買來的。
甚至是，有了金錢，
快樂就消失了！

生命的滋味

　　每次逛超級市場或是百貨公司，徐徐地在各式櫥架前瀏覽，我都覺得那是一種了不起的幸福。

　　那幸福不單是物資豐富而已，那是一種生活的滿足。你知道人間還有許多可愛而美味的東西等著你去享用；你知道你可以讓你所愛的人更愉快；你知道你的家庭可以更整潔、更溫馨；你更知道，如果上帝允許，你的生命裡還有春夏秋冬，按著祂所設計的，你會品嚐到生命美妙的滋味。

　　有一次，我在街上看見幾件男士襯衫，式樣顏色都十分帥氣，我挑了好一會兒，終於選中一件直條紋的，

我歡喜地捧回家，讓丈夫穿上，我不能形容當他穿上、站在鏡子前面時我心底的感受。

那不是幾百塊錢的事情，那是一種無價的快樂。

妳知道妳的丈夫愛妳，且樂意被妳所愛，一件薄薄的襯衫，便是夫妻生活中甜蜜的滋味。

生活中，有時，解決了一個難題，我會獎勵自己，買一朵含苞的玫瑰放在桌前；黃昏時分，一日工作完成，我便出門，欣賞夕陽餘暉；有時夜半醒來，索性促膝讀書，看窗外的星星一顆顆隱去；諸事繁雜，我便到天台去，望幾回天際雲霧變幻，心胸便開闊無礙；偶閒的午後，造訪海洋與山巒，悠遊其間，沈思默想，便是靈性一大滋潤。

總覺得現代人太忙，以至於喪失了品嚐生活滋味的機會。成就績效是第一，獎杯獎牌滿屋裡，但現代人總覺得心裡少了點什麼。

喝咖啡是隨身包，吃消夜是速食麵，早餐在麥當勞解決，午餐交給便利商店，晚餐則在與人交談中囫圇下

肚。天天如此，月月如此，偶有的假日卻也在混亂與昏睡中度過。

說現代人的生活是一柄枯葉毫不為過。乾澀、龜裂、灰暗、毫無生氣。我常在想，這樣的人生可有意義？

工作是必要的，但當剝削自己，只剩下基本飲食需求時，我想那並非上帝的心意。

我們不需要讓自己先成為「拼命三郎」，然後又倒下去變成「植物人」。何不讓自己穩穩當當地努力，從從容容地工作，總是遊刃有餘，總是仰望上帝。

一位住在日本的朋友告訴我：

「日本的老太太尤其會享受生命，一陣風吹來，她們會深深地吸一口氣，然後，發自心裡讚美說：『好舒服啊！』」

我們能不能在一陣風裡品嚐我們生命的滋味，體會造物主的美意呢？

說現代人的生活是一柄枯葉毫不為過。
乾澀、龜裂、灰暗、毫無生氣。
我常在想，這樣的人生可有意義？

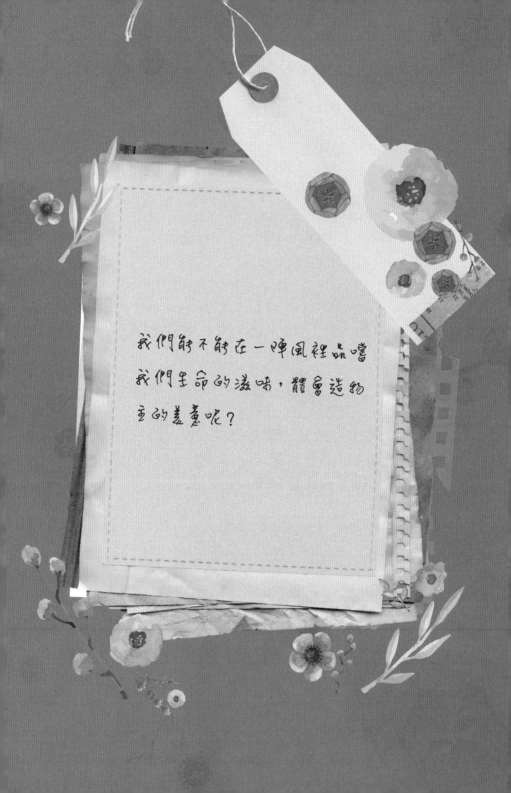

我們能不能在一陣風裡品嚐我們生命的滋味，體會造物主的美意呢？

平凡生活變稀奇

生活，由一連串那麼不起眼的生活組成。

早餐吃了什麼？穿什麼顏色的衣服度過這一天？與誰交談？做了些什麼決定？說日子如何，誰能說得上來？都一樣。沒什麼特別。

誰去注意天上的雲彩如何變換？遠處山巔上的夕彩何時消失？日子都一樣。有什麼稀奇？

直到有一天，忽然躺在病床上。

直到有一天，忽然必須倒著過日子。

直到有一天，忽然天地變色。

這才抬起頭來，注意到天色無一刻相同。

這才低下頭來，驚見一朵小花的燦然。

這才注意到，最親愛的人已經滿頭秋霜。

這才像小氣鬼一樣，斤斤計較自己的時光。這是夜裡了，星星一顆顆升起。這是黃昏了，路上行人的腳步怎麼那麼匆忙？清晨如鑽石般珍貴，午后的靜謐如雙手捧起的水珠兒剔透。

這樣的日子我為什麼不曾過過？我還如此年輕，竟覺得自己白髮蒼蒼？環顧四周，我可曾真正活過？這個世界何曾如此逼真？時針滴答滴答地，竟叫人不知所措。

生命啊！生命！生命由每一天的生活組成，而我們是那麼漫不經心地活著。覺得這生命好像是別人的作品，因此可以隨便塗鴉，或老覺得這天地久久長長，何必兢兢業業？或是壓根兒蠻不在乎，又怎麼樣？或者偷偷問一句：「誰真的在意我的存留？」

創造生命的那一位，祂在意。祂時時刻刻定睛在我們身上，祂愛祂所創造的每一個人，祂甚至願意付上祂自己生命的代價，只為了要我們活得像「一個人」！

　　只是，誰知道呢？誰領情呢？

　　生命，由一連串不起眼的生活組成。早餐。穿衣。談話。決定。

　　但是，當我們的生命領略造物主的祝福時，一切的平凡都變成了稀奇，一切的稀奇都變成了神蹟。

創造生命的那一位，祂在意。
祂時時刻刻定睛在我們身上，
　　祂愛祂所創造的每一個人，
祂甚至願意付上祂自己生命的代價，
　只為了要我們活得像「一個人」！

當我們的生命領略造物主的祝福時，一切的平凡都變成了稀奇，一切的稀奇都變成了神蹟。

豬肉頌

蘇東坡，宋朝大詩人，儘管他的文章詩詞千古傳頌，他在當代卻是個屢遭貶抑的倒楣鬼。

蘇東坡，字子瞻，號「東坡居士」，眉州眉山人，就是現在的四川人。他四十三歲時，發生了著名的李定「烏台詩案」，其實，整個案子非常簡單，就是有幾個有心人曲解蘇東坡的詩，說他譏刺朝廷，對皇帝不敬，因此定他有罪。因為這件事蘇東坡被關進監獄，還差點送了命，他的弟弟蘇轍為了救他，自動貶職以為贖罪，蘇東坡才保全一條命，第二年他就被貶至黃州。

但他樂觀積極的人生態度並未因此更改，他還是與田夫野老縱遊山水，閒來還研究烹調。從林語堂所著的《蘇東坡傳》中，我們可以知道蘇東坡食譜裡的東坡肉、東坡魚，基本上就是用醬油文火來煮，這是他被四處流放時，因為想念家鄉四川而改良的家鄉菜。

蘇東坡在口齒留香之際，他還特別將「東坡肉」的烹調方式仔細寫下來，這篇文字竟不像食譜，卻像生活小品文，題目就是〈豬肉頌〉：

淨洗鍋，少著水，柴頭罨煙焰不起。待他自熟莫催他，火候足時他自美。

黃州好豬肉，價賤如泥土。貴人不肯吃，貧人不解煮。早晨起來打兩碗，飽得自家君莫管。

蘇東坡說，煮肉可一定要有耐心，火不能大，要用小火慢慢地煮，等煮爛了，就是美味。

蘇東坡不認為自己是貴人，因為他並未有家財萬貫；但他卻也不是貧人，因為他會烹調，他不是一般的窮人。

他自許是一個閒人，一個自給自足的閒人。喜歡吃豬肉，就自己煮來吃，也不必靠別人！愛吃幾碗就幾碗，誰也管不著！

　　蘇東坡究竟捲入了什麼案子，他究竟為什麼被貶，經過滔滔歷史長河，都已經不重要了，但這首〈豬肉頌〉還在，「東坡肉」還代代相傳，是川味餐廳的招牌菜，更遑論他的詩詞文章震古鑠今！

　　最令人難忘的是蘇東坡樂天知足的人生態度。面對貶抑，卻不自暴自棄；面對流放，卻甘之如飴；遭遇苦難，卻仰天長嘯；被人陷害，仍昂然放歌！

　　蘇東坡不爭一時，他爭千秋。千古見證，昭昭光耀！

　　今天我們每逢吃這道「東坡肉」時，緬想他的灑脫樂天，也是另一番人生的滋味吧！

蘇東坡不爭一時，他爭千秋。
千古見證，昭昭光耀！

真正的有錢人

　　一九五二年，正值青春年華的一名護士來到台灣，她是一個美國人，名叫鄧璐德。來到台灣不久，她便加入了當時人人聞之色變的痲瘋病人照顧的行列，她的愛心與耐心令人印象深刻。後來她還索性搬進病院裡與病患住在一起，就近照顧他們。

　　後來，她利用日本時代留下的舊醫院成立了雲嘉南地區唯一專門照顧痲瘋病人的機構，取名為「特別皮膚科診療所」。

　　她一邊照顧病人，一邊傳揚福音，不少人因此得以認識耶穌基督。後來，她嫁給了一個台灣人——林澄輝先生。兩人同心奉獻，出錢又出力，服務社會，不遺餘

力，先後捐贈多筆土地，興建教會和托兒所以及老人安養中心。

人們總是問她，膝下無兒無女，又把一切積蓄土地全部奉獻，難道不擔心自己年老無人照養，無錢可用嗎？

她笑著搖搖頭說：「我覺得自己很幸福，什麼也不缺，只要知足快樂，上帝會安排一切的。」

二〇〇七年，他們夫婦獲頒中華民國三等景星勳章以及紫色大綬景星勳章。

二〇一三年鄧璐德獲得外籍人士最高榮譽，也就是外僑永久居留證，領證時，她已高齡九十二歲，坐在輪椅上，被推到台前致詞，她不斷地感謝再感謝，用台語說了二十幾次：「多謝！」「多謝！」

最感人的是，這六十年前來到台灣的美國女子，青春歲月都給了台灣，她用非常好聽而標準的閩南語說：「我是台灣人！」

世間財富積存的算術是不斷賺取，人們多麼羨慕榮華富貴、享用無盡。

但這裡有一個人，只是一介弱女子，卻不斷地給錢，她不斷地給，給，給，就是幫助人，貢獻於社會大眾，但她卻從來沒有匱乏，這種算術，人間大約無幾人懂得。

其實，耶穌早就告訴了我們這種不同凡響的算術：「凡要救自己生命的，必喪掉生命；凡為我喪掉生命的，必得著生命。人若賺得全世界，賠上自己的生命，有什麼益處呢？人還能拿甚麼換生命呢？」

看來，鄧女士深諳這種「捨即得，給就有」的生命真理，因此她活得那麼快樂，從永恆的角度來看，這才是真正的有錢人吧！

我覺得自己很幸福，什麼也不缺，
只要知足快樂，
上帝會安排一切的。

PART 3

感恩

這個世界沒有「應該」兩個字，
沒有人「理當」對我們好，
所有的好處、所有的幫助
都是我們不見得的。
把自己想成「零」，自然就明白這道理，
當別人不斷為我們加碼時，
我們要以感恩的心回饋。

一個感恩的人，必能享受到更多恩典。

人間最美的詞彙

這是人與人之間最美的詞彙──「謝謝！」

你送給我一朵花，我謝謝你。

你送給我一段美好的回憶，我謝謝你。

中國古代的《詩經》裡就有這樣一段美麗的互動，作者寫著：「投之以桃，報之以李。」

是的，在人與人相處之間，在一來一往之間，講究的是互敬互愛，注重的是情義心意，衷心地向對方說一句「謝謝」，那就是最好的回應，勝過千言萬語。

在忙碌匆促的生活節奏裡，如果有人對你好、有人幫助你，別忘了對他說一句「謝謝」，畢竟人人生來是如此獨立而自主，沒有人「應該」為你做什麼，一切都不是理所當然的。

我們生於天地之間，以腐朽之軀，以短暫之命，以平凡之質，竟能受人恩惠、被人扶持，其實，有時想想，覺得自己實在是不配，實在是「受寵若驚」。

年幼時，有父母的襁抱提攜，年長後有師友的訓勉砥礪，之後，有了自己的家庭，又有配偶的恩愛幫助。人生各個階段，按著我們各人的需要，周圍的人總是豐富地供應，如果我們只是一味地接受，不知道感恩，更不知道回饋，那麼就枉費別人的一番心意了。

做一個被寵壞的小孩，或是一個懂事的大人，其實，只在那一念之間，那個意念就是「謝謝」。

最後，別忘了，當我們對人說「謝謝」的時候，也要記得謝謝所有愛心行動的幕後導演，那就是掌管萬有的上帝。是祂的愛包圍你，是祂的恩澤護庇你，是祂仍將生命的氣息賜給你，因此我們可以自由地徜徉在愛的海洋裡。

做一個被寵壞的小孩，
或是一個懂事的大人，
其實，只在那一念之間，
那個意念就是「謝謝」。

仙洞長又長

鑽進隧道裡，感覺一股沁涼，甩開外面的烈日炎炎，這裡是一個長長的仙洞。

仙洞裡照明清朗、車速如風，尋仙者不乏其人，幾部車子前後跟著。

這是雪山隧道。

從一進來到出隧道，恍如隔世，又如無盡的長夜。有人計算著時間，有人注意沿途的距離標示，總之，是一次充滿刺激的冒險之旅。

如果有人要問時光隧道是怎樣的？雪山隧道就是最好的例子。人進去以後，就會覺得自己迅速變老，因為那些拱門連環圖窗外飛逝；孩子們則會迅速長大，聽！

他們正熱衷地數著數兒呢！他們的年歲隨著數兒便悄悄地長大了！

雪山隧道從新店坪林到宜蘭頭城，鑽進去，再鑽出來，就到了。以前舟車勞頓，九彎十八拐才能到達的宜蘭，如今只如探囊。

雪山隧道前後花了十五年才開挖完成，在建築的過程之中，因為工程格外艱難，勞工們多積勞成疾，或是多日不回家，造成家庭問題；有的甚至遭逢意外，被湧出的大水吞噬，或是被巨石壓死，甚至被機器絞死。共有二十五人因此隧道喪生。

當我們舒適地坐在車裡，踩著油門向前行駛時，想到的是所有企劃者、領導者、勞工們的心血與汗水。他們一吋一吋地開挖，我們則以風的速度前進；他們反覆測試隧道安全，唯恐造成交通危險，我們則完全不需多加考慮，甚至還可以一邊聽音樂，一邊享受馳騁的快感呢！

這正是「前人種樹，後人乘涼」，我們踩著前人的足跡向前行，他們的辛勞成為我們的歡樂，他們的血汗造就今日的便捷。

一山之隔，兩種風景。新店坪林這端山巒疊起，宜蘭頭城那端則是闊野平疇，兩種景致，帶給人兩種心情，若要旅遊，這是個不錯的路線，綜合兩種景觀，山林田野盡收眼底。

　　感謝那些無名英雄的奉獻，因為他們，我們才有今日的雪山隧道，這長而又長的仙洞。

踩著前人的足跡向前行，
他們的辛勞成為我們的歡樂，
他們的血汗造就今日的便捷。

阿媽，我來看您！

許多人都是阿媽、阿公帶大的。長大了，忙於課業、工作，或是結婚生子了，久而久之，便忘了幼時長輩的恩情。

但我認識的這個女孩卻一直牢牢記住，自己若不是阿媽辛苦撫養，她不可能平安順利地長大。所以，從她小學三年級開始，直到升上高中，她風雨無阻，天天騎腳踏車去看阿媽，距離是五公里。

她說，她怕阿媽一個人無聊，所以，每天一定去跟阿媽聊聊天、搥搥背，讓阿媽開心。

想來，不可思議！一個小女孩，竟有此毅力，八年之久、五公里之遙，天天報到，從不缺席，這樣的舉動

讓當阿媽的好感動！但小女孩卻說，是阿媽照顧她的恩情使她難忘，她一定要報恩！

施恩的人不多，感恩的人更少。感恩是一種回饋行動，讓施恩的人難忘，讓感恩的人受惠。

中國古代有一句話說：「人之有德於我也，不可忘也。」意思是：「別人如果對我有恩惠，我一定不可以忘記！」

小女孩有感於阿媽的恩情，不但不忘記，而且以行動表達自己的謝意與感恩！這是非常難得的。

我們從小到大，受過父母的撫養，或受到祖父母的照顧，或是親戚的恩情，或甚至鄰居、師長的幫助，我們可曾銘記在心、伺機報答？還是以為一切都是理所當然的？別人是欠我的，他們是來還債的？

感恩是一種良性循環：我做一個感恩的人，我的子女就會是一個感恩的人；我記得人的恩惠，我的子女就會記得我的恩惠。感恩是優良傳統，更是傳家之寶，一個會感恩的人，就沒有變壞的可能。

讓我們和我們的子子孫孫都能做一個感恩的人。

感恩是優良傳統，更是傳家之寶，
一個會感恩的人，
就沒有變壞的可能。

生命是一種重量

　　放眼看看身旁的大自然，不難發現有許多「重量」。雪的重量將松枝壓低，水滴的重量使雲朵陰沈，稻穗的重量使稻穀垂首。當我們身處其中細細欣賞時，心裡充滿的是無法形容的歡愉。

　　看看我們周圍的人，書本的重量在學者的手裡，竟覺得輕如鴻毛；上菜場買菜，那青菜魚肉在家庭主婦的手裡多麼沈重，卻使她覺得家庭溫暖；有了妻子、孩子的爸爸天天認真上班，肩頭是重了，但心底是快樂的。

　　而在這一切的「重量」之中，生命的成長是特別動人的。

看一個只不過盈握的小嬰兒，漸漸地長大，他在母親懷裡的重量逐漸增加，直到重得幾乎使她喘不過氣來，她仍想抱他，仍想擁他在懷中親吻。

為什麼？因為愛。

孩子的重量是孩子對你的全部信賴。他知道，他只要在你身上，就不必擔心餓著或是著涼，外面世界的風雨與混亂於他毫不相干。

孩子的重量也是孩子對你全部的愛，從他在母親的腹中開始，他就愛聽母親心跳的頻率，愛聽母親講話的聲音，愛聽母親喜歡聽的音樂。凡屬於母親的一切，他都喜歡。

那重量也是孩子一天的倦怠。玩累了，一切的擺動跳躍、歌唱喊叫，都停下來了，他把自己全然交給你，好治癒他的疲勞，等睡醒一覺以後，他又是生龍活虎。

直到這孩子一天比一天沈重，媽媽的手臂終於是抱不動了，嬰兒變成幼兒、幼兒變成幼童、幼童變成兒童，他這才漸漸離開母親的臂彎，邁向獨立。

就像是瓜熟蒂落，當孩子長得夠大了，他就不再需要你捧著他、抱著他了。他要自己走、自己跳、自己穿衣、自己穿鞋。他要享受獨立的自由。

　　那時，做母親的，若還想要擁抱那奇特的「生命的重量」，享受那甜蜜的感覺，就不太可能了。

　　地心引力使生命中許多美好的「重量」成為難忘的經驗。

　　生命中不能承受之重，那「重」正是上帝的恩典，是人想也想不到的、不配承受的，且讓我們謙卑領受。

生命中不能承受之重，
那「重」正是上帝的恩典，
是人想也想不到的、不配承受的，
且讓我們謙卑領受。

風吹書頁響

　　他才十三歲，一個小男孩，因為小時候染上「哮吼」而失去聽力，媽媽親自教他，常常教到兩人抱頭痛哭。

　　人生才正要開始，美妙的音樂、動感的韻律，小男孩全聽不見！一個全新的世界等待他的探索，但小男孩卻完全無法領會；更糟的是，因為他「聽不見」，所以他也「不會說話」，成了一個又聾又啞的孩子，真是情何以堪！

　　母親堅持不放棄，四處打聽治療的方法，終於找到專業醫師試試看，透過動手術，幫她的孩子裝「電子耳」。「電子耳」價格並不便宜，但母親努力籌措經費，終於如願以償，小男孩戴上了「電子耳」。

小男孩第一次戴上「電子耳」的時候，又興奮又緊張，仔細地聆聽著，聆聽著這世界的聲音。

　　他仔細地聆聽著每一種聲音，這世界的每一種聲音他都不放過！聽過一些聲音之後，有人問他：「聽到了什麼？」「什麼聲音最好聽？」他說：「『翻書』的聲音，還有『風吹過』的聲音！」

　　「翻書」的聲音？「風吹過」的聲音？一般人可能從來沒有仔細聽過！但一個初獲聽覺的人竟是如此激動，這實在是叫我們這些正常人汗顏。

　　我們什麼聲音都聽得到，卻像是什麼也聽不見。我們似乎並不在乎這世界有些什麼聲音！美妙的古典音樂、熱鬧的流行歌曲、牙牙學語的童謠、廚房裡的鍋碗瓢盆相擊的聲音、建築工地施工的噪音、馬路上車水馬龍的聲音……，這一切聲音我們可曾用心聽過？

　　聽覺感官如此，其他如視覺、嗅覺、味覺、觸覺等，又何嘗不是如此？我們享受著感官，用感官來認識這個世界，但我們似乎很少把這樣的恩典放在心上，也從來不覺得「聽得見」、「看得見」有什麼了不起！

直到有一天失去了感官的能力，聽不見了、看不見了，我們才驚覺平日的幸福與美好、生活的方便與順暢！

　　何必呢？何必等到失去，才懂得珍惜，才懂得感恩呢？何不就從此時此刻開始，就常為能看見彩色世界而感恩，為能聽見美好旋律而搖擺，為能嗅著玫瑰的花香而神往，為能觸摸小嬰兒稚嫩的肌膚而振奮，為能吃到美味的食物而手舞足蹈！

　　聽！書頁翻過，那聲音多麼清脆悅耳！

　　聽！微風過處，大地處處如鈴鼓吹響！

直到有一天失去了感官的能力，
　　　聽不見了、看不見了，
我們才驚覺平日的幸福與美好、
　　　生活的方便與順暢！

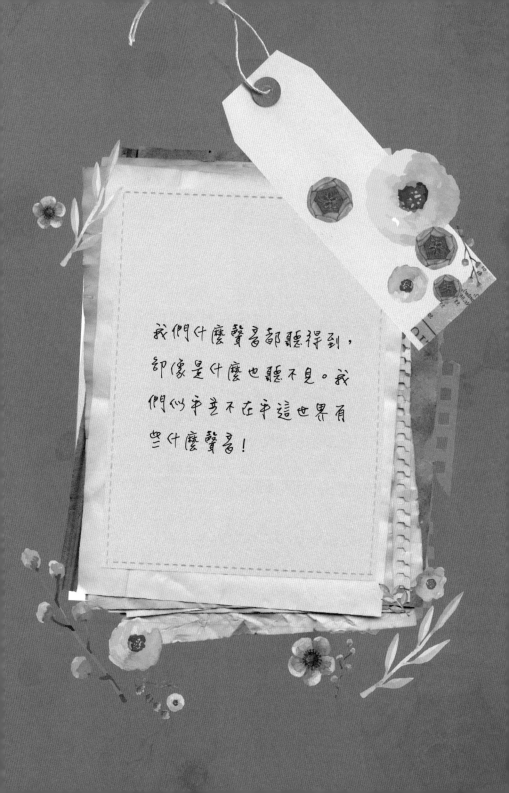

我們什麼聲音都聽得到，卻像是什麼也聽不見。我們似乎並不在乎這世界有些什麼聲音！

理所不當然

我們很少注意到，其實我們迎向的每一天都是一份超級禮物。

早上美麗的晨曦，中午亮麗的陽光，黃昏時浪漫的晚霞，我們是那麼容易忽略身邊動人的事物，越是平凡，就越容易忘記它們的存在。

瑞秋·卡森（Rachel Carson，1904-1964）是近代最偉大的自然作家之一，她最知名的著作《寂靜的春天》（*Silent Spring*）裡記著她親近大自然的經歷。她寫著：

在一個咆哮的秋夜，我把二十個月大的姪兒羅傑包在毯子裡，抱到風雨將來的黑暗海邊。在那裡，在視覺終止的邊緣，波濤洶湧，浪聲如雷。我們倆

忽然間相視而笑……，我想我們兩人都因為咆哮的大海和充滿野性的黑夜，而興奮得全身打戰。

一個半百的婦人，一個稚嫩的嬰兒，卻不忘記刻意去欣賞大自然的奇景，並且為此激動不已。我們呢？忙碌是否已經使我們麻木不仁？

再說我們的健康吧！我們似乎從未注意到，我們能呼吸也是一件了不起的事，「那有什麼？自然而然的，不是嗎？」我們總是這樣想著。

直到我們不小心去探視我們一個住在醫院的朋友，他躺在那裡，戴著呼吸器，那麼吃力地呼吸著，我們才稍稍警覺：「好像呼吸真的是一件了不起的事。」

但出了醫院，鑽入人群，我們又忘記了。我們從未為此感謝過誰，也不曾思考過為什麼我們能這樣自然地呼吸，毫不費力。想一想，我們可以自由無礙地進行我們所有生活中偉大的計畫，不都因為「我們可以正常地呼吸」嗎？

我只是想著，幻想著，有一天如果太陽不再升起，那個黑夜是永遠的沈淪；我們忽然間不能自由呼吸了，

尋求空氣就像在水裡快要滅頂。我們可能才會去思考這一切究竟是誰在掌權？是誰一直在大方贈送利多，而我們從不言謝？我們像是被寵壞了的孩子，因為一切來得太容易了，來得太「自然」了，所以我們變得這麼健忘，變得這麼無情。

誰知那位創造天地與生命的主宰，卻從不與我們計較，就算是我們去謝錯了人、謝錯了神，祂似乎也不動怒，祂只是靜靜地等待，等待有一天我們會忽然間發現祂的好意，忽然間發現原來祂才是那位真神，原來是祂使我們的生命變得美好，使我們幸福到以為這一切的一切都是理所當然！

有一天如果太陽不再升起，
　　那個黑夜是永遠的沈淪；
　　我們忽然間不能自由呼吸了，
　尋求空氣就像在水裡快要滅頂。
我們可能才會去思考這一切究竟是誰在掌權？

PART 4

相愛

愛是甚麼？身處後現代，愛情的誓言、親情的依戀，
還有人與人之間的情感都顯得那麼薄弱。

人的愛出了問題，人的愛早已扭曲，
只因為人遠離了愛的源頭，
就是創造愛的那一位。
伊甸園的儷影不再，家庭和樂的畫面早已撕碎，
人與人之間只剩下冰冷與痛恨。

幸福的祕方只有一個，就是回歸愛的原創者，
讓祂修補，讓祂雕塑，讓祂賜福。

「抱歉」不妨常掛嘴邊

　　可有不小心踩到別人腳尖的經驗？對方狠狠地瞪了你一眼，你慌亂間連忙點頭說：「抱歉！抱歉！」

　　然後，兩人各分東西，以後會不會再見面，誰也不知道。這就是陌生人之間的事件，如同過眼雲煙。

　　但是，在我們最親近的人之間，就不是這樣了。

　　可能是我們的丈夫或是妻子，可能是我們的兒女或是父母，也有可能是我們的兄弟姐妹，不論如何，這些與我們最親近的人，卻會成為我們最不容易原諒，也是最不容易說出「抱歉」二字的人。

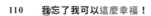

可能是一句話，可能是一個眼神，或是一個決定，或是一個動作，不論是我們得罪別人，或是別人得罪我們，我們常容易落入一種深仇大恨的網羅裡，彷彿天昏地暗、世界末日一般。對方向我們道歉，我們不願意原諒；或是我們自知理虧，卻是硬著嘴，就是不願意說出「抱歉」兩個字。

也許親屬之間的過節，由於彼此之間都有著一定程度的期許，所以，當對方達不到標準的時候，心裡就容易埋怨生恨，容易沮喪灰心，因此，無法像處理陌生人事件那樣單純容易。

這樣的現象固然是普遍存在的，但是，有時候想想，真覺得划不來。如果我們對陌生人都可以那麼仁慈的話，對自己的親人，難道不應該更加憐憫嗎？我們有著血緣關係，我們曾經同甘共苦，有什麼深仇大恨不能解決、不能寬容？面子問題真的那麼難以克服嗎？說一句「抱歉」真的會讓我們的尊嚴掃地嗎？

一個懂得說「抱歉」的人，是一個值得別人原諒的人。短短的兩個字，卻是建立破裂關係的妙方。

要一個圓融的人際關係嗎？「抱歉」不妨常常掛在嘴邊。

一個懂得說「抱歉」的人，
是一個值得別人原諒的人。
短短的兩個字，卻是建立破裂關係的妙方。

讚美是言語的花朵

讚美是言語的花朵，是人與人交往激發的電光火花。

一句「你真不錯！」「你好棒！」「我欣賞你！」「你好專業！」不費吹灰之力，卻能使人心花怒放、昂首挺胸，充滿了自信。

這個世代，人們已經夠孤單了，各人在自我的小象牙塔裡奮鬥，若是沒有成就，難免受人歧視；但若是真有了成就，也很難不遭人紅眼。在進退之間，真有難言之隱，不論成功與失敗，都有一座大山在前阻擋！

而人們就在自私與自卑的侵蝕之下，在自誇與自傲之間，漸漸失去了對別人讚美的能力。自我形象不好，又不想說出誇讚別人的話語，久而久之，人與人之間變得那麼冷漠而無情。

　　事實上，讚美所發出的力量絕對超過我們所能想像。讚美是一雙翅膀，不論世俗的擔子多麼沈重，一句讚美的話語就能夠使人輕飄飄地飛起來，快樂地在天空翱翔；讚美也像是一把火炬，能將人從黑暗的路上引到光明的天地，不再摸索、不再恐懼，走向光明的康莊大道。

　　一個會讚美別人的人，必然是一個對自己有信心、有把握的人，他了解自己、接納自己，因此，他能夠欣賞別人，看見別人的優點，並且勇敢說出來。

　　一個會讚美別人的人，一定也是一個受人歡迎的人，正面、陽光、開心、積極，當然容易與人和睦相處。

　　一個會讚美別人的人，必定也是一個值得別人讚美的人，在他的身上，有一個最大的優點，就是懂得欣賞別人。

從自我的窠臼裡跳出來吧！看看別人的長處，別再自我設限。

　　記得：在這個世界上，本來就沒有完美的人，正是因為這樣，我們不需要再自怨自艾，不需要再自卑自抑；抬起頭來，看看我們周圍的人，仔細尋找他們身上的優點，大方而勇敢地告訴他們，試試看，能不能讓他們輕飄飄地飛起來！

讚美是言語的花朵，
是人與人交往激發的電光火花。

在這個世界上，本來就沒有完美的人，正是因為這樣，我們不需要再自怨自艾，不需要再自卑自抑；抬起頭來，看看我們周圍的人，仔細尋找他們身上的優點，大方而勇敢地告訴他們，試試看，能不能讓他們輕飄飄地飛起來！

再讓三尺又何妨

清朝有一位宰相名叫張廷玉，他是安徽桐城人。康熙十一年生，三十九年中進士。

張廷玉在任期間主要工作是擔任皇帝的祕書，對清廷政治制度貢獻良多。他為人謹慎，雍正皇帝曾讚揚他「器量純全」。

有一次他在安徽桐城老家的家人要起造房屋，一位姓葉的侍郎剛好在他家隔壁，也要起造房屋，為了爭地皮，兩家發生嚴重的爭執。

張廷玉的母親張老夫人便寫信到北京，要張宰相出面處理這件事。

　　這位宰相有智慧、有洞見，看完來信，立刻寫了一首詩勸導老夫人：

> 千里家書只為牆，再讓三尺又何妨？
> 萬里長城今猶在，不見當年秦始皇。

　　張老夫人看了信，明白兒子的意思，立即主動把牆退後三尺。

　　葉家見此光景，感到非常慚愧，也立刻把牆退後三尺。這樣，張家與葉家的牆垣之間，就形成了六尺寬的巷道，成了當時有名的「六尺巷」。

　　「六尺巷」代表的是寬容、謙遜與禮讓。當時造成轟動，人們傳揚這件美事，都稱讚宰相張廷玉寬宏大量，他僅僅失去幾分祖傳的土地，卻換來當時百姓的愛戴以及世世代代的美名。

　　這則真實的故事讓我們看見，人與人之間的相處是非常微妙的。當有一方願意退讓時，另一方就會有感

覺，是一種被尊重的感覺，因為對方「降低」了姿態。因此，這一方也願意降低自己，這麼一來，就沒有什麼好針鋒相對的了。人家都退讓了，你還爭什麼？

可能有人還會問：如果我退讓了，對方卻更得寸進尺，「柿子挑軟的吃」，「人善被人欺，馬善被人騎」，這可怎麼辦？

其實，如果真遇上這樣的人，就盡量讓他吧！根本不要跟他計較，他遲早會學到功課的，他會自食惡果。

我們自己努力做一個寬大的人吧！因為一個懂得寬容的人，是一個懂得「善待自己」的人。他絕不跟自己過不去，他知道斤斤計較的結果是作繭自縛，終究會「自作自受」。

張廷玉懂得這個道理，所以他說：「再讓三尺又何妨？」

謙讓帶來的是和平，是化干戈為玉帛，是化敵為友。

我們自己努力做一個寬大的人吧！
因為一個懂得寬容的人，
是一個懂得「善待自己」的人。

永遠的宴會

　　據說，在著名的法國羅浮宮裡，有一個非常特別的作品，那是一具夫婦陶棺，是遠從義大利運來的，是在「埃特魯里亞」遺跡裡發現的。

　　這陶棺經過專家的整理鑑定，確定是「埃特魯里亞」的古物，於是決定放進世界知名的羅浮宮展覽。

　　根據研究，所謂的「埃特魯里亞」文化距離今天大約有兩千六百年到兩千一百年之久。

　　夫婦陶棺的造型設計非常有意思。作者把一副棺木

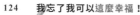

造成一對坐著的人像，坐在古代希臘宴會場合最常見的斜躺長椅上。

那是一男一女，兩人並肩斜躺在長椅上，男士留著半長的捲髮，蓄鬍鬚；女士則戴著帽子，帽子下露出一條條油亮亮的長辮子。

男士把一隻手輕搭在那女士的肩上，一副親密的模樣。兩人手上拿著酒杯，顯得氣定神閒，好似仍在宴席上歡喜交杯、談天說地一般。

據說，埃特魯里亞人有夫婦相隨的習慣，不像希臘人，希臘的丈夫參加宴會是不帶妻子同往的。

我猜想作者一定是看見了一對恩愛夫妻，他心裡深受感動。所以，在設計這副棺木時，就乾脆把夫婦同坐飲酒的模樣給做了上去。

他知道這對夫婦雖然有一天會被死亡隔絕，他們不能再像過去那樣如膠似漆、朝夕相處，但是，「就是死也要死在一塊兒」的意念促使他完成這個傑作。他想表達的是：

肉體雖然會相離，精神卻可以永遠聯合；肉體雖然會腐朽，但愛情卻永遠堅定不移。

　　兩千多年過去了，這對夫婦仍然坐在一起，共飲他們的生命之杯，從那栩栩如生的表情裡，讓人看出他們是那樣滿足、那樣契合，他們的愛情，比死亡更堅韌。

　　他們像是參加了一次永遠的宴會，這宴會從未散席。

肉體雖然會相離，
精神卻可以永遠聯合；
肉體雖然會腐朽，
但愛情卻永遠堅定不移。

愛情何價

　　一個浪漫悲悽的故事，一則生死相許的愛情，一樁不容於現實社會的畸戀，法國作家小仲馬以其多情細緻之筆，寫出了娼家女子的哀愁。

　　《茶花女》（*La Dame aux camélias*）是法國作家小仲馬（Alexandre Dumas fils，1824-1895）的代表作，發表於一八四八年，距離今天將近兩百年，但是，作者筆力深厚，穿越時代，揭示了女子面對愛情抉擇時的無奈。

　　女主角瑪格麗特（Margaret）是巴黎著名的交際花，她年輕貌美、氣質不凡，是當時上流社會男士爭相交往的名女人。她在一個十分偶然的情況下邂逅了一個

年輕人，名叫「阿爾芒」，兩人隨即墜入愛河，深有相見恨晚之感。

特別是瑪格麗特，她翻滾於紅塵之中，強顏歡笑、言不由衷，對於男人，她向來只有敷衍，只有陪笑，哪有真情？但是這一次不同，她深深地愛上了阿爾芒，正如她後來臥病在床時所寫的信裡所說的：

「我對你的愛，是一個女子所有的傾注。」

但是，他們兩人的愛情卻不為當時現實社會所容，以至於阿爾芒父親出面勸說瑪格麗特，盼望她能識大體，放棄與他兒子的交往。

這樣的要求竟是將瑪格麗特推向死亡的前奏。瑪格麗特幾經考慮，決定以阿爾芒家族的聲譽為重，情願犧牲自己的幸福，放棄與阿爾芒的愛情。她後來返回巴黎重操舊業，最後在貧病交加下死去。

瑪格麗特死前還拼卻最後一點力量，穿上衣裳，抹上胭脂，坐車到她和阿爾芒第一次見面的戲院包廂去回味這愛情發苗時的甜蜜，作者寫出她的心思：

「我到了我們第一次見面的包廂裡，我的眼睛盯著那天你坐的位子。」

瑪格麗特就是帶著這樣一股相思的哀愁離世的，留下大筆的債務，任由人們拍賣她生前所有的衣物，當然也包括她那傳奇式的愛情故事。

《茶花女》讀來令人唏噓不已，異時異地，愛情的無常如一，渴望幸福的心情眾所皆同，只是想問一句：「今日可有人為愛情以生死相許？」

愛情的無常如一，
渴望幸福的心情眾所皆同，
只是想問一句：
「今日可有人為愛情以生死相許？」

愛情，我聽說

德國詩人海涅（Christian Johann Heinrich Heine，1797-1856）說：「愛是被霧遮掩的一顆星星。」

俄國作家托爾斯泰說：「世界上有價值的東西只有愛而已。」

法國作家巴爾札克說：「真正的熱情像美麗的花朵，它開放的地面越是貧瘠，它看來越是耀眼！」

而中國人的「關關雎鳩，在河之洲，窈窕淑女，君子好逑。」「蒹葭蒼蒼，白露為霜，所謂伊人，在水一方。」向來也令人嚮往。

愛情是如此地動人，讓人無法抗拒。有人窮畢生之力追求愛情，有人不愛江山愛美人，有人為了愛情可以廢寢忘食。

只是，一旦追求到了愛情，人們又如何呢？大多數人是失望的、挫折的，是傷心的，看日漸攀升的離婚率就知道，當人們戀愛成功，進入婚姻之後，反而失敗了。

一切的美麗變成醜陋，一切的優點變成缺點，一切的希望全部落空。完全不懂得如何經營婚姻的結果就是：一場喜劇以悲劇收場，一次羅曼史變成傷心事。

因此，已婚者勸人不要進入婚姻，離婚者矢言絕不再論及婚嫁。戀愛變成禁地，婚姻真的變成墳墓。

難道愛情絕無完滿的結局嗎？人世間究竟有沒有美滿的婚姻？真的有「執子之手，與子偕老」嗎？

上帝設立了婚姻，立意甚佳，就是要讓人不孤單，在生命中相攙相扶。上帝看著是好的，只是因著人的軟弱，人與人之間的相處是這麼困難，婚前可以愛得死去活來，一進入婚姻就冷若冰霜。這究竟是怎麼回事？

關鍵就在於我們是以人的愛彼此相愛，還是以神的愛來彼此相愛？

人的愛都是先想到自己，神的愛是先想到對方；人的愛常自以為是，神的愛是願意聆聽對方的想法；人的愛永遠不低頭，神的愛是常常說抱歉；人的愛唯我獨尊，神的愛是寧願委屈自己，成全對方。

婚禮上的誓詞可以高聲應答，但真正能同心攜手的究竟有幾對？

偶然聽說台灣桃園有一對老夫妻，老先生一百歲，老太太九十七歲，他們結縭八十年。這年，老太太先走了，老先生悲痛逾恆，過了十天，也走了。他們共有的四代子孫一百多人，經過共同商議，決定將兩位老人「同日葬」。

「人瑞」再加上「同日葬」，可想而知他們的喪禮多麼熱鬧盛大、備極哀榮。

愛情，可以這麼平凡，這麼執著，這麼悠久。

與天下有情人共勉之！

婚禮上的誓詞可以高聲應答，
但真正能同心攜手的究竟有幾對？

人的愛都是先想到自己，神的愛是先想到對方；人的愛常自以為是，神的愛是願意聆聽對方的想法；人的愛永遠不低頭，神的愛是常常說抱歉；人的愛唯我獨尊，神的愛是寧願委屈自己，成全對方。

寧王的妃子

　　唐朝的詩人王維曾經用一首詩救了一位美女脫離虎口，與她的丈夫團圓。事情是這樣的：

　　當時，寧王李憲跋扈無理，家裡已經有寵妓十餘人，還不滿足，他還是四處物色美女佔為己有。

　　有一天，他無意間看見街市上一家餅店的老闆娘長得明媚動人，當下就決定無論如何，也要將她弄到手。

　　次日，他讓僕人送上許多金帛禮物，對那賣餅的老闆說，寧王看上了他妻子，要重金娶她進寧王府。

老闆只是一介小民，寧王位高權大，他怎麼敢說個「不」字？於是眼睜睜地看著自己心愛的妻子被寧王擄掠。

　　這位美麗的女子進了寧王府以後備受寵幸，過了一年以後，寧王想著，這麼榮華富貴的日子，加上他特別的寵愛，這位女子一定早忘了自己的丈夫，就問她：「妳還想念妳的丈夫嗎？」

　　她不好回答，只是默默無語。

　　寧王還不甘心，就乾脆趁一次宴請賓客時，把女子的前夫找來，他想看看這兩個人相見，會有什麼樣的結果。

　　賣餅的老闆來了，看見他的妻子，一時之間，兩個人都說不出話來，只是四目相對、淚水汪汪，情景非常悽慘。

　　這時，在場的賓客，包括詩人王維也都忍不住哀歎連連。沒想到跋扈的寧王不但不為所動，還以此為樂，他請所有在場的文人們作詩，來描寫眼前的景況。

王維揮筆立就，那首詩寫著：

莫以今時寵，難忘舊日恩。
看花滿眼淚，不共楚王言。

王維以同情的角度來看這對無端被拆散的夫妻。他的詩寫著，不要以為這女子被你如此寵幸，就忘了她前夫的恩情，看她滿眼淚水、神情淒涼，她只是不好對你寧王說罷了。

這首詩讓當場的人十分震驚，因為沒有人敢觸怒寧王。

誰知，寧王看了這首詩以後，心裡覺得慚愧，因為自己的喜好，就棒打鴛鴦兩分散，怎麼說也說不過去，於是，寧王當場就把那女子還給了她的丈夫。

沒想到王維的詩還救了一個弱女子，成就了一樁不可能的任務，使相愛的人可以長相廝守。

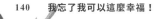

王維的詩救了一個弱女子，
成就了一樁不可能的任務，
使相愛的人可以長相廝守。

PART 5

智 慧

一個有智慧的人，
知所進退，知所取捨。
這樣的人必定混得精彩、混得高超！

「智慧是人生的手電筒。」

「智慧是人生的地圖。」

「智慧是居高臨下，笑看人生。」

一隻驢子踢了你

蘇格拉底（Socrates，470-399 B.C.）是古希臘有名的哲學家，他對許多事情都有不凡的見解。

據說，有一天，他和他的老朋友正在雅典城裡散步，兩人聊得正愉快，忽然之間，不知從哪裡冒出一個年輕人，他用棍子在蘇格拉底的背後打了一下，蘇格拉底平白無故被打了，誰知他竟然是面不改色、淡定沉著繼續向前走，好像什麼事都沒發生過一樣。

倒是與他同行的朋友把那一幕看得一清二楚，他握起拳頭，忿忿然向那個年輕人衝過去，要好好教訓教訓那個無禮的年輕人，為好朋友蘇格拉底出口氣。

誰知道，這時蘇格拉底一把拉住了他，向他眨眨眼，意思是：「算了！算了！別再追究了！」

好朋友完全不解，緊握的拳頭是放下了，但是一口氣吞不下去。蘇格拉底堅持息事寧人。

過了好一會兒，好朋友終於忍不住問蘇格拉底說：

「怎麼了？你怕事啊？那人太過分了！」

「怕事？我一點也不怕！」蘇格拉底從容鎮靜地回答道。

「那為什麼人家打你，你不但不還手，連追究都不追究呢？」朋友想起來，還是氣呼呼地。

蘇格拉底聽了，笑了笑說：

「老朋友，你連這個道理都不懂嗎？難道說，一隻驢子踢了你一腳，你也要氣呼呼地還牠一腳嗎？」

好朋友這才明白蘇格拉底的想法，原來他不生氣，是因為他根本不把對方的攻擊放在眼裡，他已經從「以牙還牙，以眼還眼」的復仇漩渦中超脫了出來，怪不得他凡事可以處之泰然、從容不迫。

　　好朋友自此對蘇格拉底的處世哲理甘拜下風。

　　人與人相處，貴在彼此尊重。若有人出手攻擊，或是言語攻訐，表面上是佔了上風，事實上是「贏了面子，輸了裡子」，反而會被人譏笑。

　　蘇格拉底的「驢子說」令人發噱，卻一針見血地道出了人際關係最高級的應對之道。

人與人相處，貴在彼此尊重。
若有人出手攻擊，或是言語攻訐，
表面上是佔了上風，
事實上是「贏了面子，輸了裡子」，
反而會被人譏笑。

年高德劭一蜉蝣

十八世紀著名的政治家和發明家富蘭克林（Benjamin Franklin，1706-1790）寫過一篇名為〈蜉蝣〉的文章，其中以擬人法表現蜉蝣生命之短暫、看見之膚淺，讀來令人莞爾。

他寫的這隻蜉蝣已經「年高德劭」，在牠「輝煌」的晚年，牠發表了牠對人生的高見。牠說：

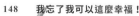

「在我們族裡，有許多博學之士早就說過，眼前這個世界絕對不可能持續超過十八小時。我覺得牠們的想法的確有幾分道理，不信你看看太陽，太陽已經漸漸落下去了，眼看就要沈入海底了，可惜這供養大地生命的光體，就要永遠消失了，留給世界無盡的黑暗與陰寒，說不定還會引起全球性的死亡與毀滅呢！」

「我已經活了七個小時，整整四百二十分鐘，這可算是人瑞了呢！在我們族裡，像我這麼長壽的還真的沒有幾個呢！我看著一代又一代出生、成長、死亡，我年輕時的朋友早就死了，現在牠們的兒孫成了我的朋友。」

「但我想，我很快就會走上那條路的。雖然我現在很健康，然而根據自然的規則，我想我最多只能再活七、八分鐘。想想，我現在這麼努力在葉片上吸取甜汁，有什麼用？我以後根本享受不到。這一生為了讓同胞們繼續生存，我在政治上做過多少努力！為了我們族人的整體利益，我做過多少學術研究……！但是我們的蜉蝣族，過不了多久，就會全部毀滅的。唉，

在哲學上，我們的進步是多麼有限！啊！藝術長存，而生命短暫！我的朋友們常安慰我說，我一定能夠留名青史的，但是，對於一隻死去的蜉蝣來說，名聲又有什麼用呢？況且，這個世界十八小時之內就要消失，那一切還有意義嗎？」

蜉蝣人瑞的高論的確很有道理，但也令人發噱，何等短淺的看法啊！只因為自己的生命短暫，就以為整個世界也即將面臨滅亡！

根據研究，蜉蝣這種昆蟲的生命只有幾小時，從幼蟲到亞成蟲、到成蟲，交配以後不久就會死亡，可謂「朝生暮死」，是一種相當「短命」的生物。

作者藉由一隻老蜉蝣的現身說法，提出對牠生命的企盼與無奈。事實上，我們的情況不比蜉蝣好太多，人生在世，數十寒暑，較之永恆，誠如一瞬，如何面對永恆、投資永恆，或許老蜉蝣的嘆息能給我們些許啟示。

人生在世，數十寒暑，
較之永恆，誠如一瞬，
如何面對永恆、投資永恆，
或許老蜉蝣的嘆息能給我們些許啟示。

我就是「句號」

美國總統艾森豪（Dwight David Eisenhower，1890-1969）曾在一個晚上，受邀在一場集會上演講，在他上台之前已經有五位先生演講過，每一位都發表長篇大論，說得又長又多，令人生厭，大家心裡已經十分浮躁。

輪到艾森豪上台的時候，集會已經接近半夜了，大家都哈欠連連。

大家心裡這時候都想著，艾森豪總統的演講會不會也像前幾位那樣沒天沒夜、宇宙洪荒似的冗長，

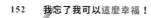

大家以疲乏的眼神望著艾森豪總統上台，充滿了無奈。

艾森豪總統緩步走到麥克風前面，說：

「我們寫文章的時候，都必須使用標點符號，而標點符號裡有一種叫做『句號』，在每個句子的後面都會有個句號，所以，今天，我就算是個句號吧！」

他說完，就立刻離開講台，走回原來的座位。

艾森豪總統這種簡短的演講方式，博得大家一致的掌聲，當場歡聲雷動，人人原來臉上的疲倦都不見了。

歷史上有許多偉人的演講，也有慷慨激昂、氣勢懾人的，但是，艾森豪總統這一次的演講卻留給後人非常非常深刻的印象，因為他很懂得人們的心理，當大家都很累的時候，就別再疲勞轟炸了！

丈夫與妻子之間，父母與孩子之間，有時真的需要這種「句號」的體貼與智慧。

當丈夫累了一天回到家時，當妻子徹夜照顧孩子沒睡好時，當孩子才從補習班下課時，當別人已經筋疲力盡時，我們就別再嘮叨了。

　　「碎碎念」讓自己討人厭，也得不到效果，何必呢？

　　當此時刻，不妨臉上帶著微笑，直接做個「句號」就好。

丈夫與妻子之間，
父母與孩子之間，
有時真的需要這種「句號」的體貼與智慧。

「碎碎念」讓自己討人厭，
也得不到效果，何必呢？

當此時刻，不妨臉上帶著
微笑，直接做個「句號」
就好。

上帝的部落

　　司馬庫斯（Smangus）是台灣最後開發的原住民部落，屬於泰雅族，位於新竹縣尖石鄉，在雪山山脈雪白山西南稜線上，鄰近新竹、桃園、宜蘭三個縣市，海拔一千五百公尺。據說，許多年前是由一位名叫馬庫斯（Mangus）的領袖率領隊伍來到這裡落腳，就此建立了部落，後代子孫為了紀念他，便將這部落取名為「司馬庫斯」。

　　這地方是全台灣最晚供應電力的地方，遲至一九七九年才有供電。對外道路也直到一九九五年底才開通。

如今它成為台灣觀光熱門景點，成為今天遊客口中「此生必去最美部落」，每一年都創下「觀光奇蹟」，也被媒體爭相報導，被比喻為「最賺錢的部落」。

　　那裡的天藍得像海洋一般，陽光撒在竹林裡，如夢似幻，重要景點有吊橋，有巨石，有瀑布，有古堡，還有溫泉和神木群，叫人目不暇給。

　　司馬庫斯被人稱為「上帝的部落」，不但因為它處處美景，彷如世外桃源，更因為其族人信仰的改變。根據耆老說，過去部落的祖先很尊重一種叫 Siliq 的鳥，人們要出門前，如果 Siliq 從上往下飛，發出嘎嘎的叫聲，就是叫大家不要出去，是大凶；但如果出門時有一大群 Siliq 發出哈哈的叫聲，那就表示諸事吉祥，可以出去。

　　如果族人不聽鳥的指示而出門，出門後可能會肚子痛，或是碰到各種困難。不過現在完全不一樣了，他們信了耶穌，成為基督徒，人們出門時如果看到 Siliq 往下飛嘎嘎叫，族人就會宣告說：「雖然前方有魔鬼阻擋，可是上帝會保護我。」然後一樣出門去。

我想起聖經裡的一段經文來：

「耶和華説：我向你們所懷的意念是賜平安的意念，不是降災禍的意念，要叫你們末後有指望。」

身為上帝的兒女就有這樣的應許與保障，他們出、他們入，總是有上帝超級的保護，即或遇到困難，也能化咒詛為祝福。這樣想來，上帝的子民是世界上最幸福的人了。

怎麼得著這樣的幸福呢？其實很簡單，就像司馬庫斯的族人一樣，從心裡真誠地相信主耶穌就可以了，祂必然垂聽我們的禱告，住在我們的心裡，每一天引導我們。

身為上帝的兒女就有這樣的應許與保障，
他們出、他們入，
總是有上帝超級的保護，即或遇到困難，
也能化咒詛為祝福。

兩只袋子

《伊索寓言》裡有一個小故事是這樣的：

「根據古代的傳說，每個人出生到世上，脖子上都掛著兩只袋子。」

「一只小袋子在面前，裡面裝的都是人們的過失；而一只大袋子在背後，裝著自己的錯誤。這是為什麼人們通常很容易看到別人的過失，而對於自己的過失，常常看不清楚。」

這個寓言創意地說明了人為什麼容易「寬以待己，嚴以律人」，人們為什麼那麼容易對別人的過錯生氣，而對於自己的過錯則睜一隻眼閉一隻眼。

我們用放大鏡檢視人們的過錯，卻用老花眼鏡看自己的過失；我們那麼容易就將他人的缺點記憶存檔，卻常將自己的短處直接刪除。這樣過活，難怪我們不開心。

　　我們總是覺得別人對不起我們，我們太委屈了；老是我們原諒別人，別人都不知道包容我們！

　　聖經裡有一種「梁木說」，言簡意賅地為人際之間這種難題作了解答。

　　主耶穌說：「為甚麼看見你弟兄眼中有刺，卻不想自己眼中有梁木呢？」

　　「你自己眼中有梁木，怎能對你弟兄說：『容我去掉你眼中的刺』呢？」

　　「你這假冒為善的人！先去掉你眼中的梁木，然後才能看得清楚，去掉你弟兄眼中的刺。」

試想一個眼睛有毛病的人，看別人都是不清楚的，甚至是歪歪斜斜的，於是開始評論人們的不是，其實是他自己眼睛有毛病，這就是聖經所說的道理。

　　一個眼睛裡有梁木的人，自然看東西是不清楚的，但他卻說別人眼裡有刺。這不是很可笑嗎？有問題的人不是別人，而是他自己啊！

　　中國古人說：

> 泰山不讓土壤，故能成其大；
> 河海不擇細流，故能就其深。

──《史記‧李斯列傳》

　　其意思是：「泰山不捨棄細小的土壤，所以，才能這麼高；河海不論細小的流水都兼容並蓄，所以才能這麼深。」

　　「寬恕」可能是人類社會最難學的一個功課，但如果每一個人都自覺不完美，就比較容易接受別人的不完美。

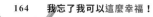

我們總是覺得別人對不起我們，
我們太委屈了；
老是我們原諒別人，
別人都不知道包容我們！

「寬恕」可能是人類社會最難
學的一個功課，但如果每一
個人都自覺不完美，就比較容
易接受別人的不完美。

生命望遠鏡

　　如果我們每天嘗試站在最高的星空，用望遠鏡來看我們周遭的人事物，我們的人生觀很可能會有極其驚人的改變。

　　我們從望遠鏡看見的不再是短暫的今生，區區數十年寒暑而已，而是永遠的永遠，就是那無邊無際、無法臆想的永恆。

　　從這望遠鏡看去，股市上上下下的線條竟然不見了，因為在永恆裡，那比雲霧還要虛幻。

別人對我們的評價也化為輕煙，因為宇宙太大了、歷史太長了，誰也不記得誰說過什麼話。別人說你好、說你不好，都聽不見了。

升學的失敗、職場的挫折、戀愛的滑鐵盧、婚姻的觸礁，都是小得不能再小的插曲，目的在幫助我們的生命邁向成熟。

英國劇作家王爾德（Oscar Wilde，1854-1900）曾經這樣說：「人生兩大悲劇就是我們想得到的得不到，不想得到的，卻揮之不去。」這種說法傳神地道出了我們的無奈與悲哀。

但是，又有何妨呢？人生本來就是空手而來，空手而歸，得到或得不到，到頭來都一樣。

從永恆的角度來看，很多事情就會變得非常簡單。做決定也不再那麼困難，因為所有的糾葛、掙扎與混亂都可以得到澄清，就像是一泓清澈極了的湖水，天上的白雲映在水面上，白如春雪、綠如翡翠。

至於在永恆裡，什麼才是人生中最有價值的呢？

　　望遠鏡裡窺見的哪一顆星最大又最閃亮呢？

　　答案是一個懂得為創造主而活的生命。我們生活的目標、生命的意義何在？這世上的一切都轉瞬即逝，但是若有人可以從永恆看今生，從高處看渺小的自己，他必然能得到超越的智慧，他知道他可以以小搏大，為永生拼卻一切，輕看眼前得失，著眼永恆的冠冕。

　　那實在是需要高瞻遠矚的眼光，更需要勇氣與毅力。

　　快拿起我們的望遠鏡吧！因為我們實在近視太深。

這世上的一切都轉瞬即逝，
但是若有人可以從永恆看今生，
從高處看渺小的自己，
他必然能得到超越的智慧，
他知道他可以以小搏大，
為永生拼卻一切，
輕看眼前得失，著眼永恆的冠冕。

要活個精彩？先預約！

這個時代什麼都要講求「預約」。

你要做任何事，非經「預約」幾乎不可能。請人吃飯要「預約」，探望朋友要「預約」，看醫生、談公事、看表演、聽歌劇……統統都要「預約」。想來可笑，現代人好像沒有今天，只有明天、後天、大後天，還有下禮拜。

要考證照，現在就要開始訂定計畫，按部就班讀書或訓練。要身體健康，現在就要開始注意運動飲食、全面養生。要經濟自由，現在就要開源節流、聰明理財。

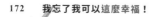

總之，你現在就要規劃，今天就要預備，未來才有可能成功。

　　談起「預約」，聖經裡也有相關的真理。保羅剴切地說：

　　「不要自欺，神是輕慢不得的。人種的是甚麼，收的也是甚麼。順著情慾撒種的，必從情慾收敗壞；順著聖靈撒種的，必從聖靈收永生。」

　　這也就是說，我們今天種的是什麼，明天就要收什麼。我們「預約」的是什麼，未來就要「成就」什麼。

　　對我們自己而言，今日我們若能殷勤儆醒、聖潔自守，在凡事上遵行神的旨意，那麼可預期的，我們必蒙大福，神必親自高舉我們，使我們尊榮昌隆、一無所缺。這是神所應許的：「少壯獅子還缺食忍餓，但尋求耶和華的甚麼好處都不缺。」

　　對別人而言，我們若向那些需要的人伸出援手，用愛心和信心幫助他們，我們的確是為他們啟動了「預約」的按鍵，他們的人生要因為你的付出，從黑暗進入

光明，因著你，神必叫清晨的日光從高天照亮他們，將他們的腳引到平安的路上。

人生又好像是一塊畫布，畫筆就在我們手裡，端看你要揮灑什麼色彩，晦暗的、汙濁的、沈悶的、無生氣的……，還是明亮的、光彩的、耀眼的、震懾人心的……。上帝的救恩是白白的，但其他的應許，是需要我們去支取的，認真執著的人就得著了。

何不為自己，也為別人預約一個精彩的人生？

人生又好像是一塊畫布，
　畫筆就在我們手裡，
端看你要揮灑什麼色彩。

PART 6

盼望

人生不是死局，不論如何，
總有條活路。不限於眼前的困境，
對未來永遠樂觀，絕不唱衰自己。

因為，強調問題，問題就越嚴重。
唯有抬望眼，仰望天上，
放遠眼光，未來必定是康莊大道。

希望是長著羽毛的

希望是長著羽毛的，飛向幸福的彼端。

這是美國隱士詩人艾蜜莉・狄金生（Emily Elizabeth Dickinson，1830-1886）的詩，她寫著：

希望是長著羽毛的，
棲息在我們的靈魂裡，
它唱著無詞的樂曲，
從來不曾停息。

風越強勁，它越甜蜜。
風暴莫想嚇倒這隻溫暖人們的小鳥。
……

"Hope" is the thing with feathers –
That perches in the soul –
And sings the tune without the words –
And never stops – at all –

And sweetest - in the Gale - is heard –
And sore must be the storm –
That could abash the little Bird
That kept so many warm –
………………………

　一首精緻可愛而寓意深遠的小詩，透露出作者對人生的洞見。

　當我們生活在這個充滿苦難的世界上，希望就是我們的力量。我們祈求上帝幫助我們衝破黑暗、擺脫愁苦，就像一隻輕盈的鳥兒般自由自在地飛起來。

這希望的羽翼能帶領我們飛到山巔之上，從更高的角度看自己、看別人、看這個世界。

　　因此，我們就比較不會灰心喪膽，比較不會自怨自艾，從高處看，一切都變得比較簡單了，一切都可以甘之如飴了。一顆心是輕鬆的，是昂揚的，是能量飽滿的。

　　這個世界不再能挫敗我們，苦難的潮水也不再能淹沒我們，因為我們心裡有了希望，而這希望是長著羽毛的，任何時間、任何地點，我們都可以張開希望的羽翼，飛向幸福的彼端！

希望的羽翼能帶領我們飛到山巔之上，
從更高的角度看自己、看別人、
看這個世界。

再給自己一個機會

一九五六年桃樂絲黛（Doris Day，1922-2019）以一首可愛且發人深省的歌，奪得葛萊美獎。那首歌所描述的正是一個女孩的成長過程。

她小的時候，常問媽媽說：「以後我長大會怎麼樣？我會很漂亮嗎？我會不會很有錢？」

等她長大了，她又問身邊的丈夫說：「以後我們會怎麼樣？我們會過著幸福快樂的日子嗎？我們是不是天天都會擁有彩虹般絢麗的生活？」

後來，女孩有了自己的孩子，孩子竟也「繼承她的衣缽」，開始問著關於未來的問題，兒子問媽媽：「以後我們長大，會不會長得很英俊？」女兒則問：「那我們呢？我們會不會長得很漂亮？」當然，兒子和女兒還有一項共同關心的問題，就是：「我們會不會很有錢？」

　　我們很關心我們的未來，因為未來充滿了機會。我們站在「今天」、眺望「明天」的時候，總是興奮的。對於未知的明天，我們永遠充滿了夢想，我們幻想我們是帥哥美女，幻想我們會成功，幻想我們會很有錢。反正幻想不要錢，做做夢也沒關係，大家不是說「人因有夢想而偉大」嗎？

　　當然，這種茫然不知的感覺，有時候也會使我們陷入低潮，使我們軟弱無力，沒有勇氣面對人生，面對我們周圍的人。但是，換個角度想想，只要我們還有明天，事情就還有轉機，一切都還有希望，為什麼要那麼快投降，那麼快就束手就擒呢？

讓今天的一切，隨著日落而埋葬，待明天朝陽升起，又是一個全新的開始！面對未來，永遠充滿盼望，即或不小心失敗了，也不要被打倒，永遠記住：「忘記背後，努力面前！」

　　永遠記得！再給自己一個機會！

只要我們還有明天，事情就還有轉機，
一切都還有希望，
為什麼要那麼快投降，
那麼快就束手就擒呢？

讓今天的一切，隨著日落而埋葬，待明天朝陽再起，又是一個全新的開始！面對未來，永遠充滿盼望，即或不小心失敗了，也不要被打倒，永遠記住：「忘記背後，努力面前！」

春天的雨絲

　　一位長輩的追思禮拜。剛結束，我走出教堂，微雨。我披上圍巾，拉緊了，那暖意是春天的繞指柔，但迎面而來的仍是寒風。

　　忽地想起詩人艾略特（Thomas Stearns Eliot，1888-1965）〈荒原〉（*The Waste Land*）一詩的開場白：

四月是最殘酷的月分，迸生著
紫丁香，從死沈沈的地土，混雜著
記憶和希望，鼓動著
呆鈍的根鬚，以春天的雨絲。

April is the cruellest month, breeding
Lilacs out of the dead land, mixing
Memory and desire, stirring
Dull roots with spring rain.

　　四月原來是春天的象徵、希望的代名詞，但在詩人的詩作裡，「四月」卻是最殘酷的月分，因為它使「死亡中的生命」發芽，而發芽的生命將如何破乾地而出，那是一種困境。

　　死亡，令人尷尬。

　　再叱吒風雲的人、再飛黃騰達的人，都逃不了這死亡的網羅。亞歷山大、成吉思汗、秦始皇，這些獨佔歷史扉頁的大人物都不能倖免，何況世間小民？

　　死，是那麼強悍、那麼霸道，金錢別想收買它，魔法更不能改變它。人死了就是死了。

　　但生命的創造者，卻預留了救恩，祂說：「凡在主裡死了的人，都必復活。」

祂獨留了一條活路，給小心尋求的人。舉目觀看，誰有這麼大的口氣，誰能掌握人死後的世界，誰能給人永恆的生命？

　　我轉入另一條巷子，想起追思禮拜上最後一首詩歌的歌詞：

　　因祂活著，我能面對明天，
　　因祂活著，不再懼怕，
　　我深知道，祂掌管明天，
　　生命充滿了希望，只因祂活著。

　　我的心裡生出盼望，仰起臉，任由從天而降的雨絲細細地密密地，梳理著我春天的憂愁。

祂獨留了一條活路，給小心尋找的人。
舉目觀看，誰有這麼大的口氣，
誰能掌握人死後的世界，
誰能給人永恆的生命？

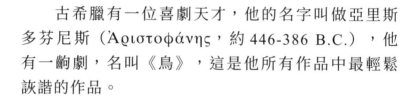

雲端彩虹城

　　古希臘有一位喜劇天才，他的名字叫做亞里斯多芬尼斯（Ἀριστοφάνης，約 446-386 B.C.），他有一齣劇，名叫《鳥》，這是他所有作品中最輕鬆詼諧的作品。

　　劇中提到有一個鳥國，國王把這國家治理得非常好，有「自由之邦」的美稱。有兩個雅典人忽然想：「不如把宇宙至高的主權交給這群鳥類吧！」

　　於是，鳥國國王召集全世界鳥類來訂定計畫，大家通力合作，便建造了一座「雲端彩虹城」，介於地球與天堂之間。

地上所有的居民聽說有一座「雲端彩虹城」，一時趨之若鶩，紛紛來申請移民，希望能獲得「雲端彩虹城」的公民權。

這劇後來荒唐的結局惹人發噱，那「人擠人」、「爭先恐後」申請移民的情景令人印象深刻。

歷史上不斷重複這個戲碼，人類的企盼從未止息，我們一直往天空張望，我們期待能進駐更好的居所，想擁有更好的生活環境，得到更有意義的生命價值。

我們在世上只有數十寒暑，真正長遠的是在另一個國度。聖經告訴我們：上帝為我們預備了一座城。當我們結束了這世上的旅程，我們就要到那座城去。只是，我們是否做好了預備動作？我們是否已經提出申請？我們是否願意遵行上帝的旨意，以至於我們能得到永恆、得享永遠的生命？

有一首可愛的老歌，名為〈在那彩虹彼端〉（*Somewhere Over the Rainbow*）：

在彩虹彼端，在雲的深處，
有一個國度，是我從小就知道的。
在彩虹彼端，天空蔚藍，
在那裡，你所有的夢想都會實現！

Somewhere over the rainbow, way up high,
There's a land that I heard of once in a lullaby.
Somewhere over the rainbow, skies are blue,
And the dreams that you dare to dream really
do come true.

是的，人們一直朝著夢想前進，我們渴望在彩虹的
那一端，就有我們美麗的家鄉。

人們一直朝著夢想前進，
我們渴望在彩虹的那一端，
　　就有我們美麗的家鄉。

記得穿上花襯衫

　　有一位牧師過世了，他的追思禮拜別出心裁，訃聞設計可愛，據他家人說，他生前還諄諄交代：凡來參加他追思禮拜的人全部都要穿上花襯衫，大家要開開心心地送他最後一程，因為他要到天上去和上帝過新日子了。

　　這位牧師姓林，他的女兒表示：「這追思禮拜雖然是追思，其實也是歡送，因為我們相信，我們死後有永生迎接我們。」

按照爸爸的指示，女兒把追思禮拜的邀請卡設計得又喜氣又有創意。內容特別交代：禁止親友穿著黑黑白白的衣服來赴會，也禁止大家「憂頭結面」（閩南語「愁眉苦臉」之意）。

　　面對死亡，是人生觀的嚴格檢驗，樂觀或是悲觀，勇敢或是恐懼，沒有指望或是歡喜等候，這時候一覽無遺、無所遁形。有人叱吒風雲，不可一世，死到臨頭，卻卑微到跪地求饒，死亡是最可怕的殺手，不但殺人的身體，還善於拆除一切的假面具。

　　聖經上說：「死啊！你得勝的權勢在哪裡？死啊！你的毒鉤在哪裡？死的毒鉤就是罪，罪的權勢就是律法，感謝神，使我們藉著我們的主耶穌基督得勝。」

　　主耶穌也應許說，祂會在天上為我們預備地方。我們只要緊緊跟隨祂，祂是道路，祂是真理，祂是生命，藉著祂，我們就能到天父那裡去。

　　這是林牧師的信仰，若非對永生有絕對的盼望，對

這位真神有百分百的信靠，他不可能如此坦然。他相信耶穌說的：「復活在我，生命也在我。信我的人雖然死了，也必復活。」

所以他像辦喜事一般地要求大家：「記得穿上花襯衫！」

基督徒面對死亡，不需悲哀，全新的生活就要展開，怎能不歡歡喜喜地慶賀？

基督徒面對死亡，不需悲哀，
全新的生活就要展開，
怎能不歡歡喜喜地慶賀？

我
在
這
裡
等
待

愛爾蘭劇作家兼小說家貝克特（Samuel Beckett，1906-1989）的作品《等待果陀》（*Waiting For Godot*），整齣劇就是兩個流浪漢艾斯特拉岡（Estragon）和佛拉迪米爾（Vladimir）的荒誕對話。

艾：「我們現在在幹什麼呢？」

佛：「我也不知道。」

艾：「那我們走吧！」

佛：「不能走。」

艾：「為什麼？」

佛：「因為我們在等待果陀。」

這個神祕的果陀曾答應他們會來，但是日復一日，年復一年，仍然沒有來。他們只有不斷地等待，想走嘛，又不甘心，留下來嘛，又不知等到何時。於是日子就在這樣無聊單調的等待中耗著，作者的劇作戛然而止，留下無盡的深思，似乎對自古至今所有的人類發出一聲狂笑：愚笨的人啊！永遠在一種未知的景況中蹉跎，原地踏步，自以為聰明，事實上卻什麼也把握不住。

讓我們來想想，我們的人生果然是以一連串的等待組成。小的時候，等著長大；長大了，等待婚姻。等到有了婚姻，等待生兒育女；等到有了小孩，又等待小孩趕快長大……。

而當一切的美夢成真，或是落空之時，人已垂垂老矣，於是又等待著死亡。作為宇宙之間唯一知道自己即將要進入死亡，卻又無計可施的生物而言，死亡又是太可怖了。人們不知道死亡之後將是怎樣的世界，於是，

掙扎的掙扎，嘶吼的嘶吼。人們在一連串的等待之後，已經是面目可憎了。

而最糟糕的是該來的還是沒有來，人們在無盡的等待裡，麻木枯槁。但還是堅持要等。

另一個嚴重的問題是，如果所等待的是一個錯誤呢？那麼所有的引頸與盼望都必要成空，那又是何等的悲哀啊！

我們的人生只有一次，若是所待非人，連重來的機會都沒有，一切都付諸流水了。

生命若是如存在主義大師們所說的：「荒謬！荒謬！都是荒謬！」那麼人活在這個世界上究竟是為了什麼呢？我們生命的意義何在？我們的盼望究竟是什麼？

人可以追求功名利祿，可以追求青春美麗，可以追求智慧聲望，但當我們鼻子裡那口氣沒了，這一切可真的有意義？人不是豬狗，我們從來就有永恆的概念在我們心裡，我們究竟該追求什麼？等待什麼？

令人難以置信的是，當我們正在探討我們該等待什麼之時，有人正在等待我們。

是的，耶穌基督正等待著向我們施恩。祂說：「看哪，我站在門外叩門，若有聽見我聲音就開門的，我要進到他那裡去，我與他，他與我一同坐席。」

不是我們等祂，而是祂在等我們。

這樣一位慈愛的主，默默地在我們的生命轉角等著，等待有一天，我們願意打開心門，伸出雙手，迎接祂進入我們的生命，使我們的生命有意義，有方向，有盼望。

祂，正在等我們。

我們的人生只有一次，若是所待非人，
連重來的機會都沒有，
一切都付諸流水了。

這樣一位慈愛的主，默默地在我們的生命轉角等著，等待有一天，我們願意打開心門，伸出雙手，迎接祂進入我們的生命，使我們的生命有意義，有方向，有盼望。

國家圖書館出版品預行編目（CIP）資料

我忘了我可以這麼幸福！/ 黃友玲著.
--初版. -- 臺北市：一粒麥子出版社，2024.08
面；公分

ISBN 978-626-7055-71-7(平裝)

863.55   113009412

我忘了我可以這麼幸福！

作者	黃友玲
發行人	黃友玲
編輯	洪懿諄 柯涵曦
版型設計與排版	韋曉伶 廖若晴
封面設計	郭秀佩
印務	劉曉玲

出版發行	一粒麥子出版社
地址	臺北市文山區景中街36號
電話	(02)2931-9436
傳真	(02)8931-1459
電子信箱	mail@ctfhc.org

經銷	白象文化事業有限公司
地址	臺中市東區和平街228巷44號
電話	(04)2220-8589

出版日期	2024年8月 初版1刷
ISBN	978-626-7055-71-7

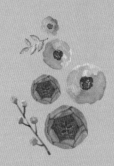